谁不热爱保罗·斯科尔斯

陈鹏 著

南方出版传媒
花城出版社
中国·广州

图书在版编目（CIP）数据

谁不热爱保罗·斯科尔斯 / 陈鹏著. -- 广州 : 花城出版社, 2018.10
ISBN 978-7-5360-8749-1

Ⅰ. ①谁… Ⅱ. ①陈… Ⅲ. ①短篇小说－小说集－中国－当代 Ⅳ. ①I247.7

中国版本图书馆CIP数据核字(2018)第214654号

出 版 人：詹秀敏
责任编辑：王　凯　王铮锴
技术编辑：薛伟民　凌春梅
封面设计：马　敖

书　　名　谁不热爱保罗·斯科尔斯
SHEI BU RE AI BAO LUO SI KE ER SI
出版发行　花城出版社
（广州市环市东路水荫路 11 号）
经　　销　全国新华书店
印　　刷　佛山市浩文彩色印刷有限公司
（广东省佛山市南海区狮山科技工业园 A 区）
开　　本　787 毫米×1092 毫米　32 开
印　　张　9.625　1 插页
字　　数　172,000 字
版　　次　2018 年 10 月第 1 版　2018 年 10 月第 1 次印刷
定　　价　42.00 元

如发现印装质量问题，请直接与印刷厂联系调换。
购书热线：020－37604658　37602954
花城出版社网站：http://www.fcph.com.cn

目录

再见，马拉多纳

迭戈·马拉多纳要来中国啦!

据《体坛》《足球》两大报纸证实，马拉多纳将以阿根廷国奥队顾问身份协助主帅巴蒂斯塔（他的好友兼队友）参加北京奥运会。报上说，马拉多纳是为一支才华横溢的青年军督战，也为下一步接手阿根廷国家队提前热热身。

闷热的7月，T62次带着小子从昆明出发了，车速慢得像在大地上梦游；进入湖南才越开越快，风驰电掣的哐当声把山脊一层层剥开；大地不再是铁锈色，而是黛青，像废弃的茶叶；丘陵环绕荆棘，麻头雁排成一字；阴影在旷野中疯跑，偶尔闪现的溪涧绿如翡翠。向北，不断向北。风里充满厕所和铁轨的臭气。祖国的心脏，天安门广场，故宫长城，小子在电视上见过，它们大得像整个国家。连续三天，他以方便面充饥，直到进入河北才要了一份二十元的盒饭。几个小时后，小子已置身北京火车站站前广场，汹涌的人群让他惊慌失措——长这么大，还从没见识过这么多人呢，这么多活生生的人。他们奔走，打手机，说话，撩衣服擦汗。没人看他一眼。太阳喷着火舌，真热啊。没走几步就喘不上气来。他挤到广场边，向一位协管员询问奥组委怎么走。奥组委？这个五十岁出头的男人腋窝四周全是汗。我靠，奥运会还没开始呢。懂了，来见识鸟巢的对吧？于是男人把线路给他写在手心里：火车站、2 号线，建国门转 5 号线，惠新东街转 10 号线，奥体中心。鸟巢。记住了？小子点点头。男人指了指马路对过地铁口，那儿，快去吧。三块钱，随便倒腾，想上哪儿上哪儿。他扭头就跑，迎着层层叠叠的热浪和体臭。男人冲他大喊，嘿嘿，你妈没教过你谢谢两字吗？

地铁里的人也一眼望不到头。窒闷的空气里有煤灰味、垃圾味、腥湿味。原来，火车不单在大地上狂奔，还能像潜水艇一样钻到地下。他使劲插进人堆，右脚针扎似的疼。是昆明买的新鞋，脚一定破了。黑暗和灯光飞速交接，隧道墙上出现奇妙的动画广告，“新世纪大宅”“美时美刻的肌肤捍卫者”……液晶电视里出现一只可爱的绿豆青蛙，但是车内无数冷漠的面孔与戏谑的眼神表明，他们早就对它腻烦了。每天坐地铁的人，每天，要跑多少公里？雍和宫站，一个漂亮的白裙子姑娘戴着耳塞紧贴着他下了车，赤裸的手臂掠过他的脸，幽香恍如幻觉。她快步融入人流，消失了，再也看不见了。车到建国门，手心里的字迹褪了许多。右脚越来越疼，害他错过了站。只好从芍药居坐回去。他一点儿也不难受，反而兴奋不已。终于把鞋跟踩平了，右脚舒服多啦。钻出10号线，小子被远处的鸟巢镇住了——钢铁的白垩色反光紧绷绷的，像一块巨冰。小子想象马拉多纳就在里面，就在足球场上，带领一帮阿根廷小伙奔跑、射门。他激动起来，沿地下通道过街。鸟巢正对出口，大得没法看清。

一个年轻的志愿者告诉他，离奥运会开幕还有大半个月呢，现在场馆封闭，张（艺谋）大导每天彩排，哪有什么阿根廷队？他问对方，他们在哪？对方答，操，你问我我问谁？他眯缝着通红的眼睛打量小子。哪来的你？昆明。小子说。我靠，云南！可以啊。那么大老远——我来见迭戈·马拉多纳。对方笑了，知道这哪儿吗？他龇牙咧嘴、像蛇一样咄咄逼人。这是北京，是鸟巢，我操。知道。小子说。你知道？我看你不知道。我们每天陪张导熬夜，三天就睡了6小时。他盯着小子黑瘦的脸。马拉多纳是吗？志愿者前后张望。瞧见了？来只冰淇淋我就告诉你。小子扭头看，不远处一顶红色的“北京欢迎你”太阳伞下立着硕大的冰柜。去呀，还愣着？小子算了算口袋里的零钱，咬牙走到太阳伞下。一只冰淇淋花了整整十块。他趿着鞋，噼里啪啦跑回来。志愿者接过去，扔掉盖子，抓起小勺，相当享受也相当夸张地狠吃一口，那架势像要把小子也一并吞掉。来一口？小子不吭声，喉咙火烧火燎的。小勺子里的东西比指甲还大，又软又水灵。没门！志愿者哈哈笑了，将小勺子收回去。马拉多纳是吗？那你听好咯——地下通道去对过大街，往东，第一个十字路口，右转，天蓝色屋顶那儿就是。记住了？小子脸上的汗水滴滴答答往下淌。别那么瞅我，不用谢！年轻人皱着眉头，去，快去，还愣着干吗呀！小子掉头就跑，进地道，出地道，上大街，一路往东，再往右。回头时志愿者不见了，只有冰山似的鸟巢兀立于太阳下。小子找到唯一的蓝色屋顶，立即傻了眼，墙上写着“公厕”。重新钻地道，出地道，回到鸟巢。哪还有志愿者的影子？白色塑料盖子就趴在地上。耳边传来知了的叫声，吱扭，吱扭，吱扭——

鸟巢只是鸟巢，不是奥组委啊。终于有人指点他，你得这么走这么走，明白啦？小子去了，犹如远征，转三趟车抵达北四环奥组委驻地，荷枪实弹的守卫坚决不让进。他在附近小巷里找到一家面馆，花 15 元吃了一碗分量十足的牛肉拉面，然后回到大门前坐等。一个中年女人出来了，小子凑上去说，我找马拉多纳。女人吓一跳。谁？他重复一遍，我找阿根廷国奥足球队的迭戈·马拉多纳。女人问他，你哪儿的呀？昆明。他说。女人的目光一下子软下来，天哪。你一个人，从云南跑这儿找马拉多纳？是。你住哪儿？我刚到。吃饭了吗？吃了。你多大？15岁。哎，我女儿也刚15岁。你怎么一个人就——小子一声不吭。女人伸手摸他脑袋，他躲开了。跟家里人吵架了吧？不是。那你爸妈同意你跑北京来？小子没回答。偷跑出来的？小子摇头。那总得有个理由啊。小子还是不说话。要我帮你回家吗，回昆明？你还有钱吗？小子咬咬牙，转身要走。女人大声叫住他，喂喂，别着急啊。行，我信你。阿根廷队是吧？她掏出手机打了一圈，告诉他确切消息：阿根廷国奥队已抵达中国。不在北京，在秦皇岛。四分之一、半决赛和决赛才来北京哩。懂了吗孩子？小子点点头。你要么去秦皇岛，坐城际列车过去，也就几个小时。要么，你在北京住着，等他们打进四分之一。那可就说不准啦。

小子扬起头，我去秦皇岛。

现在能说吗，干吗要见马拉多纳？

他是我爹的偶像。

你爸？

我爹9岁踢球，马拉多纳在墨西哥拿了世界杯。

哇，那真是够久的。女人望着小子。我知道了，你爸他——

小子不愿说死字。可也没什么不好说的。肺癌。他说。死了。去年死了。

你爸是专业球员？

不是。

哎，那可真是……

关于爹，小子再也无话可说。踢一辈子，最佳战绩只在少年体校打过全国比赛，可十几年来每到周末就去海埂踢野球。爱一样东西居然爱到死，小子无法理解。小子不爱足球，他热衷音乐、漫画和游泳。哪一种是最喜欢的呢？他也说不清。更说不清的是，你咋知道你最喜欢的东西慢慢变成你不喜欢的甚至讨厌的东西？不过，愿望总是有的，最大愿望，最大的愿望莫过于跳上泰坦尼克号那样的巨轮周游世界。

女人又问小子，你在帮你爸完成他的——

算是。

了不起！

他低下脑袋，想起在客厅墙上待了十多年的马拉多纳。1986 年单挑比利时六后卫，迭戈背对镜头，一头卷发，蓝白间条衫，大大的“10”像黑硬的生铁。足球黏在脚上，左腿抬起，高出半头的六大红魔张开嘴巴，似乎氧气一下子消失了。

想好了？秦皇岛？

是。

钱够吗？

够。

千万小心。你一个人——

好的。

祝你好运!

……谢谢。

小子重新倒车、坐地铁。大冷的天，绿豆蛙把自己的围脖送给雪人。小子笑了。他赶上晚七点开往秦皇岛的城际列车。簇新的空调车厢比 T62 舒服多啦。可容纳 4 人的卡座只有一个大块头，坐他对面。小子觉得他像个杀猪的，也像流浪艺术家——大概 30 岁吧，络腮胡，红衬衫，白底蓝花的大裤衩下面是毛茸茸的肥腿，再往下是黑色耐克鞋。小子的目光被他察觉了，大块头友好地眨眨左眼。他垂下脑袋。随后发现大块头一直瞅着车窗玻璃，脑袋转来转去——欣赏自己的倒影呢。车厢整洁、安静，桌上小花瓶里插着粉色康乃馨。两侧的封闭车窗上，只有他们模模糊糊的影子。窗外，天空被残阳染成橘红，城市消失了，平原大得吓人。小子想找到答案：爹为何迷恋马拉多纳，二三十年来一直迷恋他?每个周末，爹和一帮兄弟的海埂踢野球风雨无阻；爹的肚子像怀胎十月，球速稍快就追不上了，经常被年轻人狠狠甩在身后。小子看他踢过两三场就再也不看了。而迭戈·马拉多纳不得不看。吃饭喝水上厕所，一抬头就是他——身体前倾，双手向后，像大鸟一般随时可能带着黑色 10 号起飞。爹经常拍着啤酒肚说一模一样的话：这个杂种!这个伟大的杂种!……小子见过迭戈正面照：黑瘦的脸，目光倨傲，像上帝本人。总体说来挺难看的。比贝克汉姆难看多啦。读了《巴黎圣母院》就把他想象成卡西莫多；其余6个比利时红魔，就是圣母院广场上翻筋斗的吉卜赛小丑。

从哪儿来？大块头突然说话了。

昆明。

啊哈。好地方。春城哪。

小子没吭声。

上秦皇岛旅游？

小子拽了拽背包。

嘿，兄弟，我不是坏人。我干电视的。大块头笑了，我秦皇岛、北京两头跑。有私活呢，我就奔北京。平时就老老实实待着。

电视？

对，宣传片啦，纪录片啦，专题片啦。

他摇摇头。

大块头不像干这行的，机器家伙什么的都没有，就一只瘦小的咖啡色皮包，斜挎在大肚皮上（比爹的还大），紧压深红色T恤，像勒着一头肥猪。

你学生吧？初中？

小子还是摇头。

不说？不说拉倒。大块头抓起小桌上的矿泉水瓶猛喝。窗外，倾斜的天空像烧红的铁。

你不看电视？大块头咂咂嘴，又说话了。小子不明白他干吗唠唠叨叨的。你不看纪录片？我敢打赌你不看纪录片。

我看，讲奥运会的。

啊哈。我就知道你顶多看过这个。

还看过讲鸟的。一群大鸟，飞到很远的地方。摄影师好像一直骑在鸟背上——

哪有摄影师。这叫跟随摄影。懂吗？也就是说，把机器绑在鸟背上。

鸟不会飞走？

当然不会。大块头笑了，咧开很大的嘴巴。我靠，你什么都不懂。鸟是受过训练的，和人的关系好得像两口子。这种片子，最费功夫。

小子点点头。

至少五年。至少。大块头伸出巴掌，像一棵小树。我澳大利亚一哥们儿，在大海里拍鲨鱼，你猜拍了多久？

小子答不上来。残阳消失了。黑暗吞下奔驰的列车。直觉告诉他，此时昆明还大亮呢，离天黑早得很。忽然噼啪一响，一溜顶灯打开，车厢亮如白昼。

二十一年。大块头说。

小子想象不出来。大块头笑了笑，然后长长叹气。

二十一年没干别的，就拍鲨鱼了。最后，最苦逼的是最后——鲨鱼还没播出，他老兄就落海遇难，连个尸首都没找着。片子四年后才播了。有人被震撼，但绝大多数人毫无感觉。妈的，你说他这二十一年是不是白干啦？

小子想起爹，一生耗费十年二十年踢足球。从小摸爬滚打，结果呢？顶多混个专业队，还是梯队。也就这样了。他不想成为爹这样的人，可有可无。谁又不是可有可无？谁又不死？

你去秦皇岛干吗？

小子不吭声。

说吧，我地道秦皇岛人，没准能帮你。我跟你说，秦皇岛姜汁蟹天下一绝，你必须尝尝，路边小馆子就有。海蟹巨便宜，五十块钱一大堆。

阿根廷队来了。小子说。

什么？

小子有些结巴，向他解释说，阿根廷国奥队来了，马拉多纳也来了。

我为马拉多纳来的。小子说。你晓得马拉多纳吗？

大块头一脸苦笑，然后捂着嘴巴嗷嗷大笑。

马拉多纳，你问我知不知道马拉多纳？他的样子像要哭了。我操，真的假的？马拉多纳真来了？来中国了？

就在秦皇岛呢。

大块头激动地踢腾黑色耐克鞋，叽里呱啦述说1986年至1994年间那个伟大的传奇，说他在高一那年夏天见证了马拉多纳在美国世界杯上攻破希腊队球门冲向摄影机仰头咆哮的经典镜头，当场号啕大哭。没人比得了老马。天赋，运气，吸毒，减肥，上帝之手，世纪进球……小子腻烦了，马拉多纳的故事爹讲得太多。再也不想听任何人讲他。再也不想。小子望向窗外，整齐的白桦飞速撤退，让他想起昆明的夏天：凉风拂过小广场，流浪歌手唱着艳俗的伪摇滚歌。他往琴盒里放下两块钱，溜到一边看大孩子们玩滑板、跳街舞。一天的功课早就做完，他不是最好的，也不是最差的，不挺好吗？爹走的时候他没掉一滴眼泪。爹不痛苦，一点也不。他守在床前，瞧着他苍白的笑脸渐渐变暗。墙上的马拉多纳迟迟没撤下来，否则空荡荡的，家不像个家。现在真不像个家了。小子越来越喜欢待在学校宿舍。周末回去时，桌上的老鼠屎比米粒还大。

他真的烦了。于是撇下絮絮叨叨的大块头去了厕所。返回时，大块头正把手机里的照片调出来。我拍的，他说。小子看见很多美景，与大块头的身段气质完全不符。有落日、海滩，有俯拍下去的鱼鳞似的沼泽。好看吧？大块头说，小子承认，好看。大块头笑了，我看你对足球不感兴趣，对摄影还行。小子默认了。大块头还想调出别的照片，小子垂下脑袋。大块头放弃了，将手机塞进屁股兜，尴尬地吹了吹口哨。列车贴地飞行，将大片大片的玉米地抛在后面。

大块头又说话了，嘿，你将来想干吗？我是说，你的职业？小子还是摇头。一个人总得有点想法吧？总得喜欢什么东西嘛，就像我，搞摄影，搞电视，再过三年，不长，就三年，咱就搞电影啦。你呢？没喜欢的东西？小子继续摇头，我没想好。大块头又吹了吹口哨，少见，我靠，这相当少见，我在你这个年纪啊——他终于发现小子根本没兴趣听他的，于是眨眨眼，俯身盯着小子。

嘿，你干吗要见马拉多纳？

小子不想解释。

这讲不通。你不喜欢足球，也不喜欢他，偏偏大老远跑来找他。

是不喜欢啊。

那就怪了，大块头暗褐色的眼珠发出冷幽幽的光。小子想逃走，逃到隔壁车厢去。他上厕所时发现很多空座。真是怪了，你从云南跑到秦皇岛，而且孤苦伶仃一个人……

小子一声不吭。

你对谁感冒？罗纳尔多？贝克汉姆？梅西？C罗？

小子咬紧牙关。

你说说嘛，说说你到底——

我说了我不喜欢足球。小子一字一顿地说。

大块头脸上有种被侮辱被伤害的困惑。车窗玻璃上出现他圆滚滚的、胡子拉碴的脸。头发几乎掉光了。

你女朋友崇拜马拉多纳？他又说话了。

我哪有啊。小子满脸通红。

为了某个人，或者，受了某个好哥们的嘱托……

小子默不作声。

对吧，我说对了吧？为了某个人，百分之百！我靠，你瞒不了我。

我只想要一个签名。

为谁？

我不喜欢他。小子说。真不喜欢他。每天从早到晚面对他，烦透了！

火车呼啸着，以惊人的速度冲刺，平原与黑暗咬得很紧。小子听见大块头一声长叹。车厢在换轨之际狠狠抖了一下，又像碾压了什么东西。他不知道自己为什么如此对他，又为什么坐着不走。是讨厌他肉球似的脸和他冰冷的眼睛以及他周身散发的油腻腻的气味？还是他的大肚皮让他想起球场上的爹？又或者，这些北方佬热络得让人厌烦？

长长的沉默被大块头打破，看来他不是小心眼。要吗？当餐车推进来，他带着长者的宽容抓起两瓶冰红茶，我请客。小子摆摆手，顺势紧了紧背带。大块头坚持买了冰红茶——他似乎很容易渴，上车以来一直喝水，不停喝水。他递一瓶给小子，自己拧开瓶盖大大灌了一口。他的举动表明，一个离家几千里的男孩难免反应过度，他呢，当然是见过大世面的，岂能跟孩子一般见识？他笑着，冲小子挤挤眼，伸手指了指，包里装的什么？

他马上意识到又说错话了。啊，对不起，我不是那个意思，我的意思是，你好像很紧张，一直死拽着不放。你不说我也知道，无非贵重物品嘛。钱啊什么的。千万小心！我第一次出远门直接把钱揣在内裤里，死死贴着鸡巴，不骗你。

小子笑了。

大块头也哈哈笑了。小子忽然感到一种别别扭扭的羞愧。

喝吧喝吧，你不渴？

小子拧开瓶盖，喝了一口，又一口。

我第一次出远门是去阿拉斯加拍片，我掏出美元，还是热的呢。对，从下面掏出来，带着老二的骚味。我就用这些钱买了热狗和可乐。哈哈。

小子使劲笑出声来。

后来出远门就不那么干了。我也不带钱包，就把钱一张张分开，揣兜里，塞包里。我在伯明翰买了火车票，去曼彻斯特看曼联比赛，一张球票35镑。便宜！他妈的吉格斯踢疯了，边路突破连过三人射门得分。我告诉你，英国球迷真他妈疯狂，呜里哇啦的歌声能在你脑袋里回荡三天三夜……

小子又没兴趣了。他拧开瓶盖，喝下第三口甜腻腻的冰红茶，低头瞧了瞧微微晃动，能照见人影的白色橡木地板。

大块头使劲喝水。喝那么多居然不上厕所。水都跑哪去了？

我他妈恨不能从小踢球。当你二十来岁才想好好踢，再也来不及啦。

我爹说，任何时候，都不算晚。

瞎话，骗你呢。马拉多纳要不是从小搂着足球睡觉，怎么可能捧回世界杯？

多累啊。

干什么不累呢？

我不想那么累。不想踢足球，不想跑那么老远来——

可你还是来了！

大块头冲他伸出大拇指。

小子的脸微微发烫。是吗，难道这些北方佬，觉得他跑这么老远很牛逼？

让我猜猜，大块头说，你包里，不是钱。是签名本？

小子摇头。

我知道了，我知道了。和马拉多纳有关。肯定和马拉多纳有关。球服啦，相册啦，剪报啦……

小子没回答。

大块头狡黠地笑了。其实，我最最崇拜的球星不是马拉多纳，你猜一下，给你三次机会。

哎，我不喜欢足球。

对对对，瞧我这记性。那就不说了。再也不说了。

大块头抱歉地挥挥手。云南，我去过云南。希望下次再去云南拍片能见到你。

小子没说好，也没说不好。

单调的火车声似乎将永远持续下去。哐当哐当，哐当哐当。

大块头瞧了瞧外面，忽然高喊，到啦，秦皇岛。小子扒住车窗玻璃使劲看，果然瞧见星星点点又连缀成片的灯火。路灯一闪而过，比流星还快。

到了？

那可不！

灯光交替的间隙越拉越长，最后是月台高大的屋顶和更大更亮的弧光灯。车速越来越慢。忽然从后面车厢拥入一群游客，咋咋呼呼大包小包往前走。大块头站起来。

走吧？

小子随他挤入人群。列车进站了，微微趔趄着向前顿住。他感到大块头扑到自己背上，又重又热，像一头大象。他一身鸡皮疙瘩。但很快，大块头掠过小子，夹在人群中下了车。他没瞧见大块头有没有回头看他，有没有挥手道别，但隐约听见大块头也要见马拉多纳之类的话，汹涌的人流就把他抹掉了。无数陌生人聚拢又消散，小子被裹挟着穿过检票口，发现自己又到了一个陌生之境。天黑透了，四周灯火密集。他靠边立定，背包拽到胸前。包上多了一条口子。东西全不见了。钱，换洗衣服，海报。

对，海报。1986 年，墨西哥城。马拉多纳单挑六大比利时后卫。

弧光灯下熙熙攘攘；空气更热，也更湿。一伙农民工模样的人在他身边窜来窜去。那群游客——车厢里那群人出现了，小子想问问他们见没见过大块头，可终究没问。其实他也不清楚到底谁给了他一下子，是大块头，还是他们中的某人，或谁也不是。背包上的口子像咧开的大嘴。他想喊却喊不出来，而且肯定会厌恶自己太懦弱的。秦皇岛，不就是个岛吗，应该比昆明还小或差不多大。既然差不多，那有什么好怕的呢？

在站前派出所，一个好心民警借给他一百块钱，又把他送上直达奥体中心的 88 路车。小子到那儿时天空又黑又重，高耸的巨帆形体育场简直比鸟巢还大。他想找个网吧待着，后来索性躺在干净的水泥台阶上，反正热得要命，还能听见遥远的海浪声，风里有淡淡的腥咸。他枕着破背包入睡，醒来时天刚蒙蒙亮。他是被清洁女工叫醒的，此人问他怎么睡这里？小子迷迷瞪瞪爬起来，像受惊的小马撒腿飞奔。他一路游荡，买了从未尝过的煎饼果子，就着昨晚的冰红茶吃了它。天灰蒙蒙的，热气仍未消退，手心里的站名全不见了，脚跟磨掉一块皮。一种深深的，深深的乏力感让他觉得自己病了，无法相信迭戈 • 马拉多纳正与自己共享这一片破布似的天空。还剩 95 块，吃饱肚子不成问题。

清晨，有人很肯定地告诉小子，马拉多纳和阿根廷国奥队下榻希尔顿酒店。他打了一辆车，鼻音浓重的的哥说他身上有股子尿骚味。他使劲闻了闻，真是，臭烘烘的。难道昨夜在尿上睡的？人尿，还是狗尿？又或者，自己尿了裤子？

一伙高举马拉多纳和梅西照片的年轻人聚集在酒店门口。没错。马拉多纳。1986 年的迭戈·马拉多纳。卷发，黑脸，像个土匪。小子的心怦怦跳。有人告诉他，阿根廷国奥队每天上午在酒店草坪训练一个半小时，之后留给球迷的时间至少十分钟。马拉多纳、巴蒂斯塔、梅西从不拒绝签名合影。没人摆架子。此人问小子拿什么签名，小子答不上来。T 恤？他们瞅着他身上冒着尿味的灰色 T 恤，从昆明上了火车就没换过。小子仍不回答。他们说你丫只能裸奔啦，要么胸脯要么后背，老二上也行啊，然后刺青，拓下来就能批量赚钱哩。嘿，你云南来的？云南那鬼地方多需要这门生意啊……

十点差五分，响起一阵欢呼，阿根廷人三三两两出来了，他们穿深蓝色阿迪训练衫，手里拎着漂亮的足球鞋。小子的心脏咚咚跳。马拉多纳揽着梅西走在最后，人群又爆发一阵欢呼，高喊他们的名字：迭戈、迭戈，梅西，梅西。小子踮起脚尖看他——

怎么也看不清。这是他吗？蓄着胡子，卷发披到耳后，胖多了，也老多了。应该是他。十几年前的背影——闭上眼睛也能闻见单挑红魔的气味。硫磺味，汗臭味，让人咬牙切齿。迭戈腋窝里的梅西瘦得像只小鸡仔。他们微笑着冲人群挥手，大步来到草坪中央。小子使劲看他，使劲看。这是活生生的马拉多纳。是他，又不是他。时间往他结实的身体里塞了东西。除了背影，除了这个背影特有的霸气与傲慢，此人和他熟悉的迭戈到底有多少瓜葛？

小子忽然困得不行。

签名咋办？

马拉多纳和国奥球员玩溜猴游戏，然后传球、射门、跑圈，那只金左脚让足球服帖得像甩不掉的小狗。不过，也就那样吧。没什么特别了不起。就像铁匠打刀子，裁缝做裤子，会者不难嘛。

小子向大堂副理讨要小本子或者信签，总之能签名就行。对方极不耐烦，从抽屉里翻出一沓白纸，刺啦撕下一张。只有一张。丝毫不理会多给几张的请求，眼神明白无误：就它，爱要不要。笔呢？就一支铅笔。小子接过去。远远看见他们还在传球。多么枯燥的运动。爹干吗将大半辈子扔在上面？他退到大堂沙发睡了一觉，后来被众人夸张的呼声惊醒。他起身往外跑。一眼看见马拉多纳站在罚球弧附近和梅西比试脚法——他左脚比梅西的更大，也更准，指哪打哪。梅西就像个腼腆的小姑娘，要么把皮球送进门将怀里，要么一脚踢飞。马拉多纳回头望向球迷，说着叽里咕噜的西班牙语，让众人指定方位：左上角、右下角、横梁、立柱……然后大笑着，像魔法师一样完成指令。十个定位球，8个钻进左上死角，一个击中横梁，一个被门将没收。人们拍手，叫好，小子的心再一次怦怦狂跳。百分百确定他就是迭戈，画报上那个，身披10号的阿根廷人。

这个人，陪了他15年。

阿根廷队收工了，球员拎着东西往回走。球迷拥上去，将马拉多纳、梅西、巴蒂斯塔、迪马利亚团团包围；迭戈笑着，为他们签名，让他们合影；他们战战兢兢的，像当年红魔一样两腿发颤。他来了，迭戈·马拉多纳，来到他面前了，带着丝丝汗味。他屏住呼吸，递上铅笔和纸，偷偷瞥见迭戈眼角的皱纹和右耳垂上亮闪闪的耳钉。就在面前呢，不到半尺。天蓝色细白条纹的T恤湿透了，紧贴着直苗苗的结结实实的后背。这个后背，他看了多久啊。没有10号，也不是蓝白间条衫，肩部肌肉像油彩一样在深蓝色棉质纤维下洇开，让他想起爹的脸，想起爹汗湿的球衣和他硕大的再也瘦不下去的肚皮。小子忽然想哭，当着真正的迭戈·马拉多纳放声大哭。然而一切都迟了：纸太薄，笔尖扑哧洞穿了它。迭戈摇摇头，腕间的宝蓝色手表轻轻一晃，掠过他，走向下一个。

他攥着破了洞、只有一点铅笔痕迹的白纸走进大堂。四周空荡荡的。阿根廷人消失了，就像从没出现。大堂副理冷冷看了看他。几个比他稍大的粉丝没待多久也散了，小子还是站着。他不知道往哪走。他也许完成了使命，也许没有。他说不上来。就像电影散场，人们纷纷离开，将屁股下的弹簧凳弄得噼啪响。伟大的马拉多纳来了，又走了，虚幻得像泛黄的海报。1986 年，2008 年。小子踱到沙发边坐下，被空前的疲惫牢牢抓着。也许，今天还能见他，也许再也没有机会。结束了，昆明—北京—秦皇岛。也就这样了。

再见，马拉多纳。

可胸膛里的小东西干吗跳啊跳？扑通扑通。扑通扑通。扑通扑通。

阳光落在草坪上，一只灰色大鸟正缓步经过马拉多纳亲自挑选的罚球点。

夜奔

吴粮绝，卒饥，数挑战，遂夜奔条侯壁，惊东南。

——《史记·吴王濞列传》

一

“是他？”

“是他。”

“大四？”

“刚毕业，22岁。”

“看起来30岁。”

我没感觉。你对大学刚毕业的菜鸟能有多少感觉？马马虎虎吧，能攻善守，技术速度还行。不知上了场是秘密武器还是银样镴枪头。

“我们就缺一个头球好有身体的拖后，”本杰说。他每三天跑一趟师大球场，像打了鸡血的猎狗追踪这小子半个月，“关键的关键，年轻啊。年轻就他妈牛逼啊。”

“是，嫩泱泱的小鲜肉。”

“你觉得还行？”

“你说呢？”

“还行。”

我没说话。但年轻就像西门庆裤裆里驴大的行货。等你年过四十、在球场上再也不能像他们一样不知疲倦满场疯跑的时候你才发现年轻有多好。

“像骡子一样好，”本杰有些着急，“你瞧。你仔细瞧，回身反抢那一下有多快。”

我不是傻子，更不是瞎子。我把满嘴的烟吐出去，再深吸一口沾着师大热辣草皮味儿的腥臊空气，直接由肺部吞入胃底送往全身。你血里很快都是这气味了。

“时间紧任务重。像样点的都被别的队伍拉上山啦。”本杰的口吻就像个厅局干部或军区政委。

场上的比赛越来越烂。以我的标准，他们除了年轻一无是处。可当你年轻的时候你哪知道你除了年轻什么也不是呢？我估摸这小子身高一米七八，体重75公斤。没理由不让他来。

“罗坤知道？”我说。

本杰摇摇头：“你头一个。”

“他知道了，会咋说？”

本杰还是摇摇头。

“十八年了。”我说，“罗坤是惠恩铁打的拖后。巴雷西一样的拖后。”

“十八年啦。”他说。

“巴雷西终老A米[1]，场场首发。”

球场上的喊叫声奔跑声喘息声传得很远，塑胶跑道上有几个特清纯的姑娘穿着短裙戴着耳麦捧着书装模作样。她们一律营养不良似的瘦瘦高高，皮肤白得发紫，像结了一层霜花。

“总要有新人进来。”本杰说，“迟早的嘛。”

我一声不吭。

二

你肯定看出来了，这是一个关于球队新老交替的故事。没错，大概是这意思。但没把它写出来之前我也不知道故事会往哪个方向发展。我真没谱。说句不负责任的话：写哪算哪吧。

但我保证这是一个好小说（好故事）。我对《青年文学》编辑陈集益兄保证，对主编张菁保证。你们是我的朋友。我没必要瞎编一个故事糊弄朋友，更没胆子写一个糟糕的小说随便交差。尤其脾气火暴的张菁主编。我哪敢呀。你借我十个，一百个胆子试试?

好，咱们接着讲。

① A米，即意甲球队A C米兰。

三

我和本杰没想好如何把新人高烨进队的消息告诉罗坤，似乎合谋干了一件丑事。本杰建议周末野球直接把高烨叫上，他来了再说。我设想过最坏的：罗坤砸了球鞋，背起行头扬长而去，从此老死不相往来。排队邀他入伙的球队多的是，再踢几年野球甚至40岁以上中年组业余联赛毫无问题。何必为一个小屁孩子受辱？

这是我绝不想看到的。

那我何必答应本杰跑去师大？

这个鬼迷心窍的大黑胖子最近总在念叨“新老交替”。世上没有任何一支球队不“新老交替”。巴萨用内马尔挤走伊布，皇马王子劳尔也远走沙尔克，C罗干掉了他；里贝里丢掉拜仁主力，就连瓜迪奥拉也是五冠功勋教头海因克斯的替代品。我说那是世界强队，不换血不行，但惠恩就是惠恩也只是惠恩。一帮老兄弟在昆明业余赛场摸爬滚打十八年，最大心愿莫过于守着惠恩踢一辈子，踢不动了就在场上遛弯，能遛几年算几年。

“很多队伍都在换。”本杰说。

“钻石年代、白马广告也换？”

“钻石换三个中场，白马一个前锋。”

“哎。”

“亚洲展望昆明区下月开打。”他用牛一样湿漉漉的大眼珠子看我。他真黑，极像尼日利亚教头斯蒂芬·凯西。我在一个短篇小说里专门写过本杰的故事（《清白》），有兴趣的朋友可以找来一读，不行就上我博客，我保证不会让你们失望的。绝对是一个又硬朗又神秘又伤感的好小说。“你杀手李也慢多了，”他说，“十年前，你他妈快得像沙尘暴。”

妈的，人终归要老。最伟大的马拉多纳、巴乔都没撑过三十五。我四十啦。罗坤也四十啦。

周六下午高烨现身海埂5号场。本杰将他介绍给大家，他一概点点头。我看他就差一件风衣一根牙签了。他来到我面前，本杰说这是惠恩第一球星李果，绰号杀手李。他还是点点头。我低头穿鞋。不看他。一眼都不看。

队尾的罗坤小心换上猎鹰9[①]，将护腿板塞进干净的金色球袜。他的衣服袜子永远干干净净，不像桂子、小宝等人的球袜摔地上砰砰响，其浓烈气味你十公里外也能闻见。罗坤的球衣十八年来一直冒着清爽的雕牌洗衣粉的香气，就像他的防守让人踏实称心。

本杰向他介绍高烨。

“你好。”罗坤伸出手。

小子懒洋洋地点头，懒洋洋地和他握了手。

我一阵难过。

① 猎鹰9为阿迪达斯2005年推出的专业战靴之一。

这场球罗坤、高烨各上半场。罗坤坐镇丢了一球。下半场高烨表现不错，速度快反抢也快，但传球质量和罗坤没得比。全场三比三平。

“我以为我还有机会再上。”[①]罗坤笑着说。

“让小高练练。”本杰说。

“他挺好。”

“年轻啊。”

桂子问本杰亚洲展望报上了？本杰说报上了，下月开打。

“小高跟我们？”桂子说。

“是。”

“拖后？”

本杰点头。

“主力？”

本杰没说话。大伙都不说话。5号场突然静下来，你能听见微风掠过草皮的刺啦声。球场又恢复了葱郁旺盛的生命力，顺滑得像上好的土耳其地毯。

“说话。你他妈说话。小高主力，还是坤哥主力？”

罗坤抽出护腿板，脱掉猎鹰9，再脱下球衣球裤，亮出白花花的肋条和明显下坠皱缩的小腹。

“到时候看。”本杰说。

“哪样叫到时候看？”

“到时候看，就是到时候看。”

---

① 与正规比赛不同，在昆明的野球比赛中，被换下场的球员可再上。

“首发只有一个。”

罗坤沉着脸。我能嗅出场上的躁味、血味和海埂早年围海造田的淤臭味。

“哥几个，我先走。”他收拾行头往外走了。没看高烨，也没看本杰，他冲我挥挥手。我也冲他挥挥手，眼瞅着他消失不见。小蒋说：“要我看，还是坤哥首发。”

高烨说：“我扛得住。”

没人搭腔。

“每天早上一个鸡蛋，就一个，绝对跑得快。”高烨又说话了。

“这帮老倌每天早上干三个。”本杰说。

他们嘿嘿笑。我埋头喝水。说句公道话，这小子还行。

“吃十个也不行啦。”桂子说，“吃火药也他妈不行啦。”他笑着拍打肥硕的大肚皮，“你多大？”

“22岁。”

“我22岁的时候一天一场球，一星期6场。一晚上干8次。你行吗小伙？”

高烨笑得挺傻。

四

我往西站方向开，罗坤的家离那儿不远，我们通常在西门驿站酒吧碰头。那地方酒很便宜，5块钱就能要一瓶雪花。

我要了5瓶，坐在露天前廊上等着。天差不多黑了，前廊亮起星星点点的霓虹。我想等他来了再要吃的。西门的酸辣面不错，我能一口气吃两碗。他出现的时候满头大汗，仍穿着惠恩的5号球服，和场上的罗坤唯一不同的是，他穿了平底胶鞋。

“跑过来的，4公里。”他说。

“你他妈牲口变的。刚整一场。”

“半场。”他拎起雪花咕咚喝下一半。

“每天都跑？”

“想跑就跑。”

“店呢？”

“小许看着。刚来的版纳小傣族。”

“漂亮？”

“90后的小姑娘家。”

“你不下家伙别人早晚下家伙。肥水不流外人田。”

“瞎扯。”

“醒醒吧。”

“行啦行啦，莫像我爹一样。”

一群姑娘小伙迎着彩灯进来，像走在一堆彩色泡沫里。空气中有法国梧桐的香味。

“你咋想的？”我说。

他抹抹嘴巴，看着我。

“我必须首发。”

我心脏怦怦跳。

“老李，我必须首发。”他说，“十八年了，哪场球错过首发？”

我知道我根本不用说话了。不用说任何废话。把面前的酒干掉就行。收银台飘出刘德华的老歌《谢谢你的爱》。我把本杰骂个半死，也把自己骂个半死，之后我们回顾了十八年来惠恩的经典战役。天越来越黑，我们已经看不清对方的眼睛。我要了油炸石头鱼和小锅米线（破例没要酸辣面条）。然后罗坤告诉我说，他爹不行了，胃癌晚期。我停下来：“哪样？”他又说一遍。我看了看刚进来的姑娘小伙，抬头望见钢蓝色天空出现一轮乳白的新月。我问他哪家医院？要不要兄弟们凑钱帮忙？他摇摇头。真正让他难过的是，他说，一点办法也没有。

“医生说，最多两个月。”

我不知该说什么才好。

又进来一堆半截儿孩子，都是附近高校的愣头青。他们将一路喝到后半夜，然后找地方呕吐蹦迪消夜打炮。

想当年，罗叔驾着巨大的像匹马似的幸福250送我们去少年体校练球，罗坤坐中间，我断后。摩托开得飞快，突突突的轰鸣声能把你小鸡鸡震瘪。我和罗坤三十年兄弟。十几二十岁我们就是昆明足球圈的名人，无人不知无人不晓。没混上职业队只能怪运气和老天爷。人嘛，不是你想干什么都能（或必须）干成。

“走，带我看看他。看看罗叔。”

“算啦，算啦。”

“走走走。”

我硬拽他起来，打车直奔云大医院。进入二号住院楼，我酒劲儿醒了一半。没坐电梯，我们一路小跑直达六楼肿瘤科。罗叔就躺在左首3号床上酣睡。我第一眼没认出来——两三年没见，头发白了一半，深凹的眼窝和干瘪的颧骨像钢条一样支棱着。罗坤想叫醒他，我使劲摆手。我们抱着胳膊站在床边瞅他，头顶白炽灯发出嘶嘶叫声。我很难相信眼前木乃伊似的罗叔就是当年叱咤国防体育场的铁卫。一夫当关万夫莫开，有他的昆明队才是正儿八经的昆明队。1985年昆明和辽宁踢友谊赛，他一记飞铲封住快马李华筠的抽射，全场雷动。那天我和罗坤跑去更衣室看他脱下5号球衣，蹬掉金杯皮钉鞋。鞋帮上的皲裂细如发丝，鞋尖被草皮擦得新崭崭的，快得像两把刀子。

“罗叔要进国家队咯！”

“哈，那种破队，去了丢脸。”

他的队友们咋咋呼呼。

“妈的，连香港都整不过。”[①]

“换我们上去绝对拿下。小崽子，你们信吗？”

① 指1985年著名的5·19事件——中国队在世预赛小组赛中1:2不敌中国香港队，爆冷出局。

“信。”

“你们两个好好练，拿下世界杯。”

“好好练，拿下世界杯！”罗坤大声附和。

他可是罗叔的种，绝对上乘的足球坯子。

“罗叔，你哪哈给我皮钉鞋？”我说。

“等你长大。”

我长到17岁已经是少体校主力前锋，很快有了自己的皮钉鞋。它能带你满场飞奔，踢出美妙的弧线球，还能亮出六颗钢钉废了别人的腿。我去罗坤家蹭饭时从床底翻出罗叔的金杯鞋。皱得不像话，到处是裂口，像中毒的耗子一样奄奄一息。我没法相信它就是我梦寐以求的宝贝。罗叔从昆明队退役后干了物理研究所伙食团团长。他退役很早，据说因为废了别人一条腿——在一堂稀松平常的训练课上，他将队友的胫骨踹成三截。

现在我们安静站着，邻床男人轻轻打鼾，就像皮钉鞋不断开裂。外面没有声音，连脚步声也没有。人这辈子，真他妈快。

我们悄悄出来，坐在走廊上。两排空荡荡的绿色塑料椅子插在灯光下面。到处是臭味消毒水味食物残渣味。

“哪天手术？”我说。

“快了。”罗坤说。

我掏空钱包里几百块钱，卷巴卷巴塞他兜里。他坐着没动。

夜幕突然打开又重重落下，你能看见窗外密集的灯火以及更远处的山峦和云的影子。

“你走吧。”他说。

“陪你坐会儿？”我说。

“不用。走吧。”

我坐着没动。我们就这么坐着。不说话更好。在哪儿坐都是一样的。无论西门还是球场，无论医院还是幸福250。哪都一样。

五

这场球罗坤早早到了，早早换好行头热身跑圈，之后拉上我们玩抢圈溜猴。高烨很晚才到，和大胖子本杰练长传，又叫上彭翔练射门。桂子突然指名道姓地说：“你一个拖后射哪样门，杀手李的专利嘛。”

高烨一声不吭。说心里话，我不喜欢他。

我走过去，将他摆好的皮球一记正脚背发力，彭翔飞身扑救，但破网的声音又硬又脆，我爱死这声音了。彭翔起身拍拍巴掌。高烨软绵绵助跑，射门高得离谱。

“打飞机呀。”桂子说。

他茫然望向本杰。大光头本杰向他传球，高声说来来来，你就让杀手李一个人玩儿去！

比赛开始，这支从未交手的球队让我们吃尽苦头。年轻，速度快体能好，除了高烨没人跟得上。罗坤连续两次被对方突破得分。大约第３０分钟，本杰撤下罗坤换上高烨，后防再没失守。中场休息时罗坤脱下猎鹰，黄色球袜耷拉着，露出护腿板。高烨气喘吁吁说对手火力太猛，两个边后卫不协防不行啊。

“罗再上半小时？”我说。

没人响应。

罗坤说：“我跟不上去。”

“拉拉体能也好啊，要不你上，我歇半小时？”我说。

“杀手李下了，哪个进球？”

“跑吐血啦。”我上半场没一次射门，更别说进球了。

“小高不错。”罗坤说。

桂子申请下场，罗坤上。于是罗坤被顶到后腰位置。过去他不是没踢过中场，脚法和意识没得说。但下半场他就跑了二十分钟，让桂子重新上去。

“坤哥你继续呀！”

“我累了。”

他将穿上、脱下、又穿上的猎鹰９脱下来。这回卸了长袜、护腿板和球衣球裤塞进双肩包。他又是那个穿黑夹克黑皮鞋的小老板罗坤了。终场哨响，惠恩１：３败北，我下场时没见他。本杰晃着黑亮的大脑袋说：“走了。我拉不住。”

这么多年，我敢保证坤哥罗坤头一回早退。

“你放他走？”

“他家里有事。”

“比足球重要？”

“他爹——”

“他爹还没做手术。”

“老李，你莫激动。坤哥41啦。”

“40。”我说，“比我小58天。”

“好好好，40。”本杰说，“你自己说，还有多少40的老鸟追得上杀手李？”

“老不死的，都他妈挂靴算逑。”

我将我的阿迪COURE砸在地上，嘭一声响。高烨收拾东西往外走。

“有意思吗？”小蒋说。

“有意思吗？”张勇重复他的话。

“坤哥再踢十年没问题。”小孙说。

“小高真心不错。”彭翔说。

“我们究竟要什么？”段凡说，“胜利，还是快乐？”

“没有胜利，咋有快乐？”桂子说。

“算逑，解散算逑，张勇重新招兵买马。”小蒋说。

“兄弟们，就一个中后卫，就一个。”本杰说。

我们被一种深深的来自草皮深处的挫败抓住了。我承认我累得够呛。一帮年过四十的老家伙不是想赢哪个就赢哪个了，一场 90 分钟比赛之后三天才能缓过劲儿来。想当年，我的发小罗坤比巴萨恶霸普约尔还狠，他和彭翔搭档的后防线一直让人放心，直到三四年前，我们突然发现再也干不过年轻小子们了。干不过了。可为什么每周收到本杰短信一定屁颠屁颠跑来？来了还像骡子一样较真？

我倒真希望有人接我的班。但小子们各有各的山头，加入一支老不死的球队，开什么玩笑？

六

小说写到这儿我越来越确信它会是一部佳作。你别以为我拉拉杂杂写的全是鸡毛蒜皮。更别以为我写足球不招人待见。读我小说的朋友都知道，我写足球醉翁之意不在酒。小说里踢球的男一号李果没准就是写小说的陈鹏。没准。我说的只是没准。是不是陈鹏有什么关系？重要的是眼下这故事如何推进。我承认我有点蒙。再往下必须放狠招了——我指的是事实。绝非虚构的来自我们惠恩足球队千真万确的事实。我非得征求当事人的同意不可。

他们说啦：“没意见。”

那好，先说说我的好兄弟罗坤。

他直接去了医院。

罗叔望着他一步步走进来。邻床的病友刚下手术，鼻子里插着管子，身上裹满纱布，白得晃眼。

“他运气好啊。真好。”罗叔说。

“你不会有事。”他说。

“你又不是医生。”

“我问过医生了，小手术。”

“我也问过了。”

他半天没说话。邻床那位哼都不哼一声。

“又整一场？”

“输了。”

“我们昆明队很少输。”

“惠恩也很少输嘛。”他想了想，又说，“四五年前，我们打遍昆明无敌手。”

“你们老咯。”罗叔努力坐起来。他帮他拽了拽枕头，顶住后背，尽可能让他舒服些。他能闻见爹身上散发的难以忍受的臭味。衰败、腐烂，难以挽回。最可怕的莫过于爹自己根本察觉不到。

“没老。还行。”

“不服老不行？”

“没老嘛。才40。”

“我是说，你要服老，就更不行。我退队之前那场球拼天津，就在拓东。我们先丢一个，下半场硬是打回两个。2∶1。”他竖起食指中指，精瘦的脸闪闪发亮，“当时天津有左树声。国家队主力啊，上来就进一个，根本不把昆明队放眼里。我们最后10分钟搞定两个。我操，最后10分钟。他们想扳回来，晚了。”

他听了不下百遍。都能背出谁犯了规，谁吃到黄牌，三个球都谁进的。

“你烦我了？”罗叔说。

“我不烦。”

“你就是烦了。我认得。早死早了。”

他没吭声。

“我小腿咋断的？”罗叔说。

“不是你的腿。是你把孙杰的腿——”

“我记错啦？”

“错啦。”

“嗯，是我把孙杰的腿……他退役，我也退役。”罗叔用力咳嗽，像盯一只蚂蚁一样盯着他，“孙杰刚进队，才23。那个球是二分之一球。他年轻我就让他？凭哪样？让了就不是足球，是乒乓球。我迎上去。嘭——”

他微微发颤。能想见对脚的惨烈以及小腿胫腓骨涌出的剧痛。那是每一个球员最最害怕的。可足球容不得你害怕。

“我腿断啦。”罗叔说。

“是孙杰的腿。你又错咯。”

“是我的腿。”

他望着罗叔。这张脸干瘪，苍白，像拆毁的房子。他想起球赛之后伤痕累累的海埂5号场。

“老子34就退啦。”

“到底是——”

“你走吧。”罗叔闭上眼睛，又睁开。

他收拾床头柜上的小东西。猛然传来咋咋呼呼的歌声。他们竖起耳朵。是隔壁病房的人用手机听歌呢。

“我们下个月比赛。”他说。

“多整一天是一天。”

“爹。”他说。

歌声消失了。

“还没找着合适的？”罗叔说。

“没有。”

“我抱不着孙子啦。”

他没说话。

“球场上有伤停补时。我呢，还有伤停补时？”

“莫乱想。”

“走吧，走吧。”

罗叔生硬地挥挥手。他不让人陪护。他可是昆明球坛硬邦邦的铁卫啊。他看看窗外，天黑得像一件扔掉的旧衣服。病房黯下来。他没开灯，转身走出去。

七

都第七章啦。数字“7”难免让人想起小贝，想起C罗，想起菲戈。总之身披7号战袍的球星大多身手了得，算得上高手中的高手。但我更喜欢数字“10”。你猜对了，我从小穿10号。前面我说过伟大的马拉多纳伟大的巴乔都是10号，当然还有伟大的罗纳尔多，伟大的贝利，伟大的济科，伟大的齐达内，伟大的梅西。最伟大的还是10号。

所以你能猜到身披10号的我心里有多转。

据说当年被罗叔踢断腿的孙杰也是10号。一个万众期待的未来巨星，一个堪比后来健力宝黄金一代的翘楚和天才。他23岁断腿、退役。十多年后有人在某个停车场见过他，手里拎着酒瓶子跟人讨要车钱。谁也看不出来这个胡子拉碴的老家伙究竟几岁.40多还是50多岁？更没人能看出他踢过足球。除了那双走起路来一摇一摆的罗圈腿，他与足球运动员没有任何相似之处。

扯远啦。

到底是罗叔废了孙杰的腿，还是孙杰废了罗叔的腿？

如此重大的事故，罗叔怎么可能记错？

八

每周六的野球，你到了场边才知晓对手为何方妖孽。全由雄冠公司负责包办比赛两队、三名裁判和一箱矿泉水，场租均摊。此役对手很差劲，罗坤继续首发。上半场我一气灌了三球，中场休息时高烨想换下罗坤，我告诉他：“再等等。”

他看着我，又看看本杰。

“罗坤再整十分钟。”我说。

兄弟们都不吱声。高烨一屁股坐下，抽出护腿板扔进背包。

“你什么意思？”我说。

他腮帮上鼓出一条条肉棱子。

“操，爱上不上。”我说。

“到底听哪个的？听本杰哥的，还是你的？”他说。

本杰笑了，说惠恩嘛，哪个说话都要听。

但是罗坤足足踢了三十分钟。我让高烨上，他像木桩似的一动不动。罗坤干脆踢满全场，下来的时候和小蒋勾肩搭背有说有笑，谁都没料到高烨抛起矿泉水瓶，一个大脚开进球场。噼——啪——，我们眼瞅着它像银色焰火一样在空中爆裂。

罗坤向他走去。本杰一把拖住。混乱之下高烨大声说：“这是十五分钟吗？是他妈十五分钟吗？你们瞎了还是傻了，你们觉得你们牛逼？慢得要死还以为自己牛逼？”

“狗日的。”桂子说。

“狗日的。”小蒋说。

要不是最喜欢打架的小孙拉着，要不是今天赢球了心情不错，高烨一定会被哥几个痛扁。本杰一个挨一个搡开他们，像真正的凯西一样语重心长、絮絮叨叨。我想动手但我知道我动不了。他是我同意挑选的。我去了师大。不管咋说，我去了。

大伙终于散开，场面骤然凝固并传递出某种脉脉温情与自我批判的诗意。但它很快被更深的绝望、嫉妒和虚无的疲乏击溃了，尤其当我发现高烨还穿着惠恩的天蓝色球衫白色长袜却踩着一双粉红耐克的瞬间——上周明明是草绿色新款F10。太显摆啦。

他三下两下脱下行头。

“小高，这帮兄弟十多年就这烂脾气。”张勇说。

“行啦小高，我让桂子小蒋请你喝酒。”本杰说。

“我退出，”他说话了，“现在就退出。下周来一场。我自己的队。咋样？”

长长的沉默。兄弟们互相看着，等着。好几个光着膀子，挺着怀胎十月般的大肚子。

“行。”我说。

“输了交场租。不找帮手。惠恩不找，我们也不找。”

踢全额场租是二十年前的野球路数。那时候凡在海埂激战的球队全都为八百场地费（如今已涨到一千八）杀红了眼，于是四处找帮手：红塔梯队的朋友啦，老省队的高手啦；有时候也附带踢一两千赌资，俗称“打点”，凡打点的比赛必你死我活。我的右肩锁骨就是在1995年一场打点野球中报废的——我过了门将，他从身后像杀人犯似的将我撂倒。当年的野性早就扔在海埂的臭泥巴下面，越来越规范的野球已不再杀气腾腾。但现在，我不能不接招。

“不找帮手。”我说。“哪个找帮手哪个就把我卵子舔干净。”

“下星期六，下午四点，5号场。”高烨脱下40号球衣还给本杰，背起挎包往外走。一只点水雀追在后面，很快消失了。

“你们这帮杂种，”本杰说，“你们这帮又臭又硬的老杂种。”

张勇哈哈大笑。段凡感慨：“江湖是他们的，还是我们的？说来说去，终究是他们的。”

“做一回‘老炮儿’？”小蒋说。

“你不是六哥，”本杰说，“干不过年轻人不至于送死。”

“要输了，就地解散。”桂子说。

“我不同意。”张勇继续大笑，“输给一帮小子就不整了？”

“就是，”我来回打量他们，这帮整整踢了十八年的老浑蛋，“输了咋地？输了找一支更老的打回来嘛，大口吃肉，大碗喝酒。”

他们嬉皮笑脸。我抬头望向峰峦似的白云，眼前一片空洞。

九

罗叔想知道川丽怎么消失的。说走就走，连一件换洗衣服都没带。

“鬼还记得！”罗坤从不擅长缜密严谨的逻辑推理。他就是个向来认命的爷们——踢球，打工，开小店。不太好也不太差。这就够啦。日子嘛，咋个过都是过。

罗叔挣扎下床，不让他搀着，两脚挨地之后稳稳坐好。“那种女人，跑了更好。问题是，你这十年。”

“行啦。”

“她笑话你哩。”

“行啦行啦。”

这些话十年来讲了无数遍。但是现在他必须竖直耳朵仔细听。也许是爹最后一次讲它了。就算颠来倒去的车轱辘话也得认认真真听下去。爹的嗓音沙哑平稳。他想起球场上那个凶悍的爹，不敢相信他就快没了。好好一个人，一个腰板挺直坐在面前说话的大活人，就要没了。

十年前的六月，店里亮着灯。最后一个进店的小子也就二十出头，他记得他买了一包三五。那天晚上飘着小雨。是他收的钱，川丽取了烟递给他。小子缩着肩膀出去时他听见淅淅沥沥的雨声。次日早上她不见了。第五天他报了警。第十天吧，他被一个陌生电话告知她走了。走了？被绑架了还是被拐卖了？我操你妈！半个月后他接到川丽本人电话，嗓音低得像感冒了。别担心，我走了，你自己保重吧。保重。

就这么简单。

“是他。”罗叔说。“买烟的小杂种。”

可能是，也可能不是。只有一点可以肯定，川丽跑了。跑就跑吧没什么大不了的。她要觉得跟别人活得痛快那就跟呗，何必在他一棵树上吊死？没有她，足球照样整，日子照样过。

“整天露半个奶子的贱货！”罗叔诅咒川丽的方式一向不管不顾。

十年来有零星消息传进他耳朵里：川丽辗转从法国去了加拿大，又倒腾去了墨西哥和美国。她的小男人是某个大赌场的发牌手，因为代人作弊被扔进拉斯韦加斯大沙漠。简直像好莱坞大片。他想象川丽摇身一变成了拉斯韦加斯赌城加油站的服务生，每天给美国佬加油、收钱，偶尔找个小混混过夜——她就喜欢那类男人。2002 年她是文林街“一球成名”吧的服务生，他和几个惠恩兄弟跑去看米卢的中国队征战韩日世界杯。川丽瘦瘦的，眼睛大而忧伤，染着金发。那一个月他差不多天天去。反正离家近，离他的小店也近。他后来回忆，川丽身上有种战战兢兢的美，仿佛随时担心把客人吓跑。

“大哥，银子弹买一送一哦。”这是她附在他耳边说的头一句话。他还记得她呼吸中的薄荷气味，记得她单薄高挑的身材和亮出乳沟的浅粉色制服。再后来他们遭到罗叔的反对，罗叔说“那种地方”的姑娘跟窑姐儿差不多，因此连他婚礼都没参加。

半年之后，这个在酒吧站桩卖酒的儿媳终于站在儿子的柜台后面帮他收钱了。罗叔做了一大桌子菜请他们回来。难不成把她赶走？

“她在笑话你。她一直躲在暗处笑话你。”

“行啦。”

“这是命。只有下辈子抱孙子的命咯。”

“莫瞎说。明年就能抱上。”

“明年？”罗叔苦笑。

“争取嘛。八九不离十。”

“屁话。老子耳朵都起茧啦。”

他垂下脑袋。

“川丽就在昆明哩。就躲在旮旯里瞧你笑话。”

“我又不是活给别人瞧的。”

“你早这样想我早抱上孙子啦。”

他不想再谈她。十年来谈得太多了，大多是无聊的重复重复再重复。他去食堂打了稀饭、鸡蛋羹，外加一点点咸菜。罗叔没吃几口，抱怨稀饭太淡咸菜太硬，只有鸡蛋羹勉强凑合。窗外很黑，高楼像绝望的病人。他说下周六要和一帮二十郎当的小娃娃“打点”。罗叔抽一张纸巾，擦擦嘴。

“干掉他们。”

“太年轻了。”

“干掉。”

“好吧。”

“你不老。除非你躺在这张床上。”

“我认得。”

“要迎上去。你不迎上去你就完蛋了。所以，不如一脚干掉孙杰。”

他又迷糊了——到底是爹的腿还是孙杰的腿？过去爹挂在嘴边的是他自己的腿，被 23 岁的孙杰一脚废掉，从此江湖上少了一道硬邦邦的铁闸。他老糊涂了还是病得太重？快四十年了，谁废了谁还重要吗？

“听见了？”罗叔冷冷瞅他，“没价钱可讲。你就是太喜欢讨价还价啦。”

他一声不吭。

“我认得你恨我。连你结婚都——”

“不恨。”

“过来，”罗叔说，“你过来，小坤。”

他走过去，罗叔的右手像床架子一样凉。再也不能将它焐热了。他有点害怕，也有点厌烦。他突然意识到他们都丧失了太多。从前的铁卫，从前的惠恩，从前的一球成名，从前的川丽。他们彼此也快丧失了。

他离开医院时大约八点半，也许八点四十。前后十分钟吧。我想象他沿一二一大街走回西站。九点多他穿了运动衣出门，从洪山西路跑到洪山南路，再从洪山东路直达环城西路，由交林路返回西站立交桥。这一圈大约 5 公里。路上一次也没停，速度不快但足够了。

到了文林街口已浑身大汗。从前的“一球成名”——早换了英文洋名，反正看不懂。装修也比十多年前阔气得多。一帮 90 后或更小的孩子聚在店里抽烟喝酒。他沿着灯红酒绿的文林街慢跑回家。他想好了，每天 5 公里，一百个俯卧撑，一百个仰卧起坐。每三天跑一组楼梯。一楼到七楼，每组十趟。下个月体能绝对牛逼。就像爹说的，不老，还来得及，更别说他擅长的足球啦。那帮小子不过是乌合之众，咋可能击败大名鼎鼎的惠恩？

十

五号场绝对是海埂最好的场地之一，草皮在太阳下闪闪发亮，场边的桉树列队排开。下月亚洲展望开打之前你再也找不到这么好的热身对手了。我们提前半小时到场，高烨那帮小子晚到十分钟，很快围住一个白胡子老家伙接受训话。之后，身披红色曼联 3 号球衫的高烨朝我们走来。

他点点头，算是打过招呼了。桂子小蒋段凡笑嘻嘻地回敬他，对上周的事情表示歉意。只有罗坤故意不看他。高烨招呼他的嗓门很小，像桂子主罚的角球一样敷衍了事。罗坤换了行头绕场六圈，一脸细汗地回来。我问他还行？他说，行，当然行。

对手真他妈年轻啊，我估摸也就 20 岁上下。高烨询问本杰是否像正式比赛一样列队进场。本杰望着我，我大声回答：“行。”

“你们这些小杂种，悠着点。”本杰说。

“嗨，该咋踢咋踢。”高烨的目光冷得像冰锥。

我叮嘱罗坤：“千万小心。”

“认得。”

“这帮小杂种还没长屌毛。”

“当心你自己。少他妈带球。”

“千万别对脚。千万。”

“我爹当年——”

“我有数。”

“你上去就灌它三个，慢慢打。”

“没问题。”

“我每天5公里，不带喘的。”

“那也千万小心。”

于是我们像正式比赛一样从中线列队入场，进去后纵队变横队散开面向替补席抬臂致敬，场下响起寥落的掌声。高烨居然准备了一面三角小旗交给段凡。我这才注意到他戴了队长袖标。比赛一上来就激烈凶猛，这帮小屁孩果然跑得飞快。白胡子老家伙在场边来来回回吆喝，就像踢世界杯一样。我们很快被压得喘不上气来，好在罗坤多次化解了对手强攻。

我很难拿到球。小宝、小蒋和桂子被按在大禁区前沿无法组织传递，也就很难把炮弹输送过来。我像个傻瓜一样折返跑。对方10号、9号、7号像牛犊子一样横冲直撞。我方中场完全哑火。上半场被对方从中路渗透打进一球。0:1。罗坤撑住膝盖喘气。进球的7号绝对练过，脚下技术没得说。中场休息时我觉得我快虚脱了。难就难在你知道你很难撑过高强度的90分钟还得咬牙撑下去，就像你明明知道你必死无疑还得在病床上咬牙撑下去。我们集体表扬罗坤——他怎么做到的？才短短7天。

他大口喝水，凑到我身边说："拿回来。"

"拿回来。"我说。

"还行？你很少拿球。"

"球出不来啊。根本没中场。"

"顶住。"他望着我，仿佛回到十多年前的海埂夏天——一帮30岁不到的年轻人所向披靡，任何球队上来都不怕，就算"打点"也不怕。

"注意7号。"我说。

"下半场不能再丢球啦。"

"不能丢啦，还要想办法进球。"

"小心高烨。"

下半场全力反扑，终于从王盛所在右路打出像样的配合突到禁区了。我贴近高烨。我们绝不看对方。他满脸大汗，像疯狗一样想把我绞杀在大禁区前沿。

小宝直塞球，我快速前插接球直面高烨。我选择向左虚晃向右突进，被他猜到了。他以一记凶狠铲球破坏出底线。妈的。妈的。妈的。我破口大骂。

我骂得相当狠，简直穷凶极恶。

“你骂谁？”高烨说。

“我操！”我说。

我们引发了小规模骚乱。白胡子老家伙冲上来让他冷静。他知道只要拿我撒气别人就不敢小瞧他。可他太紧张了。足球不是这么踢的。我会教教他怎么踢。骚乱平息后我隐蔽地将他放倒。他捂着小腿肚子嗷嗷叫。

裁判亮了黄牌。

这么整下去我们将输掉1800块场租，还将输掉一支老牌劲旅的脸面。妈的。我招呼大伙压上。最后10分钟再不拼就没机会了，伟大的惠恩必须向最伟大的德意志战车学习全线压上再压上……

我们杀红了眼。只要拿出韧劲和经验总有机会扳平。果然获得角球，罗坤杀奔小禁区。我主罚的皮球一出脚就知道有了——罗坤俯抢前点，皮球穿透高烨和两名小子的后防线直挂左上角。1∶1。我们大喊着拥抱罗坤。高烨的脸色比死还难看。最后5分钟他们疯狂反扑，要不是彭翔、罗坤打了鸡血似的一再救险肯定又丢球了。变故发生在最后3分钟，也许最后1分钟或最后30秒。事情过去那么久，我真记不住啦。

当时他们也获得角球，跃起抢点的高烨被罗坤放倒，他大叫着落地、翻滚，像一只垂死的乌鸦。

裁判指向点球点。我们像在梦中一般混沌疲

乏地站着，似乎渴望尽快来个了断。然后，我们瞧着彼此，在高烨一声高过一声的惨呼声中迈着沉重困惑的步子向他靠近。每走一步，身体就像被他的叫声幻化的斧头狠劈一下。我们围住裁判，想把他赶走。

高烨迟迟没站起来。

双方同时罢赛。罗坤想拽高烨起身的举动招致新的骚乱，很快被本杰和白胡子老家伙镇压了。我们回到场下。高烨的惨叫一声接着一声。

“去吗？”罗坤说。

“去看看。”桂子说。

“断了？”小孙说。

“我操。”张勇说。

“去吧，坤哥。”小蒋说。

罗坤垂下两手，低着脑袋曳步过去。短短几十米仿佛要耗尽他的下半辈子。他走得极慢，像担心错过什么。他孤独的背影穿过空空荡荡的只有高烨叫声充斥的我方半场，草皮绿得能挤出汗来。我们跟上去。高烨仰躺着，白胡子老家伙摸着他的膝盖说，别看啦。可我们都瞧见了：胫骨明显断了，别别扭扭的样子像一条僵死的蛇。簇新的红色耐克亮得扎眼。

我招呼本杰：“打 120 吧。”

十一

我必须告诉你们这场野球之后罗坤挂靴了。即便我亲自出马他也绝不回头。迟早要散的。十八年前哪有什么惠恩？合久必分分久必合。我琢磨自己是否也该退啦，周末没事玩点别的，比如毫无杀伤力的游泳和慢跑，羽毛球或乒乓球。可你真舍得撇下足球？

那天我约他上西门驿站小坐，他迟迟没来。我坐到凌晨一点，看着各式各样的孩子进进出出，听着吧台的歌声越来越吵。我数了数桌上七只空酒瓶，将满嘴烟雾吐进黑暗。我知道他不会来了。他没接我电话，也迟迟没打过来。

起身时忽然天旋地转。一个卖啤酒的小妞一把搀住我，问我怎么啦，大哥？

大哥？我笑了。你没见过喝多了的老男人？

她笑了。你不老嘛大哥。

我瞅见她胸前的“银子弹”。我问她认识川丽吗？她想了想，说是不是红头发川丽？这么高，这么瘦？我问她是不是30岁出头，她笑了，说川丽才17岁呢。

我使劲摇头。

“要我帮你打车吗大哥？”

“不用，谢谢。”临行前我买她一瓶银子弹，像宝贝似的紧紧攥在胸前，“祝你，祝你嫁个好男人。再见。”

十二

手术定在下周三。他心里清楚，即便一切顺利，好转的可能性也几近于零。就当伤停补时仍有机会绝杀吧。罗叔要求回家住几天，整天躺在医院里哪个受得了？他不能不同意，早早回家给他做好吃的：梅菜扣肉、豆腐脑、蒸南瓜、鸡蛋羹。医生说过这些东西还能吃。再硬一点就不行了。酒绝不能碰。

罗叔气色挺好，表扬他厨艺进步很大。

“你一个人也开伙？”

“偶尔。”他说。

“该找个人帮你。”

“一直在找嘛。”

他想说，新来的小许不错，版纳傣族姑娘一向以温顺出名，杂货店里里外外全靠她。工资不高，包吃住一千六，小许干得不亦乐乎。她说一个人花不了多少钱，够用就行。她就住店面里间的小屋，一张床，一张桌。桌上摆满叮叮当当的小瓶子小罐子。姑娘家嘛。

“几天就搞定的女人不是好女人。”罗叔说。

是啊，当年和川丽好上也就短短几天。那就慢下来，必须慢下来。小火炖汤才好呢。

他们吃得不多，刚开始的兴致莫名消失了。菜一点点变凉，他的心也一点点腾空。突然意识到一顿家常便饭对于马上手术的爹也是折磨。而意识到它也就成了对自己的折磨。他手里的筷子一个劲儿发抖。

“我想喝一杯。”罗叔说。

“不行。”他说。

“白酒啤酒葡萄酒，咋个都行。”

“医生说了不行。”

“让我喝点嘛。”

算啦，医生的话还需要听吗？罗坤倒了四分之一杯红酒。想喝什么喝什么吧。罗叔一口干了，咂咂嘴巴，冲他勾勾食指说再来再来，至少半杯嘛。他平时很少喝酒。哪来喝酒的念头？他想反对，但还是倒了半杯还多。

“你下个月比赛我看不成咯。”

“好好养病。”

“小坤，我会死？”

“你莫乱说！”

罗叔小心翼翼喝一口。

“医生说，顶多两星期就能下床。”

罗叔笑了：“还能看你比赛？”

“那种破比赛，有哪样好看。”

“也是。那种破比赛，有哪样好看。”罗叔握着杯子，轻轻摇晃，“李果还整前锋？”

“整啊。杀手李嘛。”

“你们两个，从小到大……”

他到底想说什么?

他抬头猛喝,杯子见底了。菜凉得真快,毕竟是昆明秋天啦。他喜欢像现在这样和爹面对面在家里坐着。是啊,这种机会本来就少。他忽然感到害怕,就像地板抽空了,就像还没热身就被教练一把推到场上。从小,是爹手把手教他踢球,过去的重要比赛每场必到。直到若干年前再也不看他和李果的业余表演。爹最大的遗憾是没进国家队,他呢,在爹的遗憾之上变本加厉——连省队都没进,市体工队混到24,到处打零工,后来接下爹的杂货店,眨眼混到40。

"小坤,"罗叔望着他,"我怕连手术台都下不来啦。"

"瞎说。"

罗叔低头瞧着空掉的酒杯。没让他倒酒,没任何表示。只是瞧着。

"那天,十年前那天,我往你店里打过电话,接电话的男人不是你。我赶过去,我把他们堵在外面,我把小杂种踢个半死。"

他一声不吭。罗叔又看着他。

"其实,我就站在对面抽了半包烟。天上下着小雨,地上湿漉漉的。后来灯灭了,我走了。"

"莫讲啦。"

他们很久没有说话。7楼窗外传来汽车声,走动声,吵嚷声。

"带一个回来。"罗叔挥手扇他脑袋。他一动不动。“下个月，我去场边瞧你。”

后来央视直播英超，他们眼瞅着曼联输给阿森纳。远处传来驴的昂昂叫唤。他知道是收泔水的糟老头赶着老毛驴来了。他想去一趟店里，罗叔没说话。他出了门，穿过交林路、西站立交桥来到建设路口。店门开着，小许通常零点打烊。附近新开了一家五星级影院，大大带动了店里的生意——比从前好太多了。他天真地想，要是换作现在，川丽还会跟一个抽三五烟的愣头青跑掉？她当然不可能站在拉斯韦加斯大沙漠里为各种汽车加油。她就在昆明，错不了。他的直觉向来很准。

小许坐在深处，柜台低低的，被各种小食品包围。他进来时小许有些惊讶。他说他喝杯水就走。小许说没烧水呢，要不来一瓶脉动？他说随便。他走进去，店里只有一把圆凳可坐，两人中间隔着玻璃柜台，能闻见小许长发里的清香。我累了，他说，今天整了一场，还给老头子做了晚饭。我把他接回来住两天。

小许黑油油的眼睛比头发还亮。

“哥，要我做哪样，你就说。”

“他会死吗？”

“呸呸呸，乌鸦嘴！”

他什么也说不出来。

“罗叔福大造化大。”

“是啊。我也这么想。”

“好人总有好报。我刚来昆明，就遇着你啦。

你是好人。”

他羞赧地避开她的目光，瞧着外面。文林街的柏油路面像冰一样照出霓虹。

“哥，你喝水。”

他接过脉动，一气灌下半瓶。

“从前我爹被人踢断腿。最近他老说是他把别人的腿踢断了。他老糊涂了？”

“这种事情嘛，我就讲不来啦。我们村有个老人从前很正常，后来逢人就讲，他上辈子是大象哩。他是大象变的。”

他笑了。

汽车一辆接一辆。安静的唰唰声比西门的歌声好听多啦。

“你踢足球，也受过伤？”

“嗯，踝关节脱臼。”

“好了吗？”

“都二十年咯。”

她望向他的脚踝。他觉得她像棵直苗苗的小树。

“你信命吗？”

“我信。”他说完就后悔了。其实他也说不太清楚到底信，还是不信，就像他已经搞不清楚爹的话是真是假。

“人死了会转世吗？”

“会吧。”

“你上辈子是哪样？”

“可能是，可能是匹马。”他笑了，她也笑了。

又是长长的像海一样的沉默。接连驶过七辆车。七辆。他数着呢。第八辆的时候，他站起来，隔着柜台抱住小许。她吓得使劲挣扎。她像树一样的清香真好闻哪。刚要撒手，她却不再挣扎了，低头向他胸前靠近。她的长发又黑又密。他觉得她才是一匹滚烫的小马。他喘不上气来，然后撒开手。

“我明晚再来。”

他跑出去，沿着每晚的必经之路向前跑。夜幕像一件干净的靛蓝色球衣展开并笼罩大地，西站附近灯火璀璨。他迎着夜风慢慢跑，不着急，毕竟踢过一场了。五公里，还有五公里。他浑身发抖，身上胳膊上脸上还能闻见淡淡清香。

回到小区差不多 11 点。老远看见楼下聚了一大圈人。像被什么东西咬了一口，他停下来，然后摇摇晃晃推开人群。地上躺着罗叔。有人高喊他的名字，说你总算回来啦，7 楼，他从 7 楼突然——

他跪下去，滴滴答答的热汗敲打地面。剧烈的晕眩仿佛因为运动过度而缺氧。有人又说了什么，过来搀他的手。他听不见，也感觉不到。他累了，这回是真累了。他想捧起罗叔的脸跟他说句话，想告诉他说快了快了你要见的人就快见着了。他还想告诉他们，都走吧，让我喘口气。请你们让我，喘口气。

布拉特之夜

胡来，凭什么不行。

——卡尔维诺

北京时间6月3日凌晨，刚刚完成第四次连任仅5天的国际足联（FIFA）主席约瑟夫·布拉特突然召开新闻发布会，宣布辞去国际足联主席一职。在其辞职前的6月2日当晚，布拉特及其幕僚共同度过了5个小时。无人知道，这5个小时内究竟发生了什么。

“台风就要来了，”布拉特说。“我的鼻子比狗还灵。”他的话引来哄笑。12个部下分坐餐桌两侧，他坐背窗的主席位置。我想，他比我更清楚12个部下究竟谁在打哈哈，哪些又是发自内心的。然后，笑声仿佛中国鞭炮一样消散了，老头子布拉特拎起餐叉，在葡萄牙里斯本出产的水晶酒杯上敲了敲，声音通透，响彻大厅。12 人抬起头。布拉特模仿耶稣的口吻："我知道，你们中间的某人出卖了我。"

外面，国际足联（FIFA）大楼的灯光照亮宽阔的草坪（我每天都认真修剪），一只蝙蝠贴地蹿起，飞向钢蓝色夜空，迅速消失不见。通往会议室的大门半敞着，外面光线阴暗。我是会议室与走廊之间唯一的守护者，也是 FIFA 大楼唯一的亚裔保安，今晚我被老头子通知参加紧急会议。十六年来，这类会议通常以一顿简陋的晚餐开始——说白了，是我让街对面肯德基送来的 13 份热狗、甜点和浓汤；红酒还过得去，是老头子自带的法国波尔多，这差不多成了惯例。要在我老家中国，那还不吃掉一个村子半年的伙食，而且哪有老大备酒的道理嘛。吃饭的时候，气氛明显不太对头，你只要听一听刀盘撞击之声就能感觉到，乒乓，叮当，空洞，紧张，似乎隐藏着深深的恐惧。台风真要越过大西洋扑向苏黎世了吗？老头子最信任的人：秘书长瓦尔克被爆出收受南非竞争 2010 年世界杯主办权的 1000 万黑金。最近一个月就没消停过：6 大高官被查出的贿赂金额超过 1 亿美元，全世界的口水都瞄准了 FIFA 大楼，老头子却在一片质疑、讨伐、诅咒、恶骂声中再次连任了。你不得不佩服他，虽然很多人骂他不择手段、厚颜无耻。哎，人嘛，哪有十全十美？上帝创造万物从来就不是非黑即白；当然啦，干了坏事终归要受惩罚。借用我们中国的老话就是：

人在做，天在看；若要人不知，除非已莫为。

老头子的话让整个大厅鸦雀无声。

“是的，出卖我的人，也是出卖瓦尔克的人，就在你们中间。”布拉特继续说，嗓音疲惫。这十多天来，他每天深夜才走，除了应付各路媒体对腐败案件的穷追猛打，还得为新一届竞选施展浑身解数。他79岁啦。我没法想象这把年纪的老男人还有这么大的能耐。他打垮对手连任之后又有人跳出来骂他，羞辱他；还有人躲在暗处等他出乖露丑。说实话，我对老头子挺有感情的，当年是他在一家华人餐厅发现了做跑堂伙计的我，让我进入FIFA干了保安，一干十六年，转眼奔四了；这十六年过得充实、平静，我见证了老头子坐镇以来的风风雨雨，如世界杯扩军、女足赛事改革、青少年足球提速，也见证过大大小小的危机，如普拉蒂尼逼宫、马拉多纳骂阵、亚足联搅局，老头子都挺过来了。我不懂政治，也不太热爱足球，但中国的老话说得好：失道寡助，得道多助。连任成功说明仍有一大帮朋友支持他；不是吗？你敢保证，FIFA换一个新掌门一定比他做得好？对我这个小保安——不，应该是老保安来说，老头子是很不错的领导，从未对我着急上火，还经常开开玩笑唠唠家常；最困难的时候我也没见他气急败坏，而是问我昨晚看没看电视，是否发现选秀节目里的长腿小妞实在诱人。嗯，这位第一运动掌门人倒像我们云南乡下的老大爹，幽默，厚道，像野猪一样韧性十足。

“谁？约瑟夫，谁出卖了你？”副秘书长罗伯逊发话了。他有一颗光溜溜的大脑袋。

“你接到了美国中情局调查通知？”另一位副秘书长阿兰也发话了。他是个野心勃勃的德国人，高个子，一头金发。

布拉特看着他，神情傲然。

“出卖我的人，同时出卖了瓦尔克。矛头当然是对准我的。他就坐在你们中间。”

这12人，有副秘书长、青少部主席副主席、发展部主席副主席，亚非拉事物部、欧洲事务部和美洲事务部各部负责人。他们有的是新面孔，有的是老油条；有的大起大落，一会儿是布拉特的盟友，一会儿又成了布拉特的仇敌。大厅寂静无声。罗梅罗拽起餐巾擦擦嘴，罗伯逊低声咳嗽；谁的皮鞋将大理石地板踩得刺刺响。

“说出来，约瑟夫。”普拉蒂尼说话了：“我们都在等着。”他抬头看了看壁钟，九点十分。

布拉特环视12个部下。站在门口的我也能听见粗重的喘息声。他们像身披黑西装的野狗。

“我不是伟大的耶稣，能原谅出卖他的犹大。”

“要召开新闻发布会吗？让全世界，尤其让美国知道你揪出了内鬼？”特洛德说。他是外联部副主任，一个大块头巴西人。

“你们吃饱喝足了吗？”布拉特说。

刀叉全放下了，他们仰起脑袋。

“瓦尔克的事情你们未必清楚。”他开始说了，“他接受1000万美元的个人账户，是经我同意才开设的。”

没人说话。气氛像冻结的铅块。这事情是秃子头上的虱子，明摆着，可都没料到老头子如此干脆地承认了——他完全可以否认的，把屎盆子扣在瓦尔克的脑袋上。他哪来的勇气？就不担心普拉蒂尼们把消息捅出去逼他下台？我的心怦怦跳。

“我让他这么干的理由，”布拉特环顾四周，眼神冷如刀叉，“南非青少年足球需要扶持。就在开普敦郊区，一块像样的足球场都没有。黑孩子们只能光着脚丫在立交桥下面的烂泥里踢球。我错了吗？贝利、马拉多纳、阿萨莫阿、埃托奥，都是因为足球改变命运的。这个你们比我更清楚。南非足协的钱太少了，没人关心这些孩子将来暴尸街头，还是因为吸毒、艾滋病死在垃圾桶里。我真的错了？”

“问题在于，”阿兰说，“瓦尔克私设账户收受南非1000万美元通过FIFA执委会同意了吗？”

阿兰够狠。我为老头子捏把冷汗。

布拉特笑了。

“瓦尔克的草案早就被你们否决了。是吧，科迪？”

科迪，全名约·热昂·科迪，法国人，青少部主任，年仅 48 岁，一个戴眼镜的看起来唯唯诺诺的家伙，骨子里相当强硬，一直是老头子的敌人。此人的指关节在桌面上敲了敲："是。因为不符合规定。"

"建立一个私人账户的确不符合规定，但是 FIFA 执委可以对这笔钱全程监管。"

"第一步就不符合规定。我们不可能让青少部经手的项目不符合规定。"

"我操，你在中国和日本搞的项目就符合规定？花很少的钱吸引投资，中间成立的四五家公司连资质都没有但年收益千万美元以上。怎么解释？"

科迪不吭声了。

"谁批准的这些项目？谁签的字？"布拉特穷追不舍，"各位，是瓦尔克。是他为科迪承担了司法、政治和名誉的三重风险。妈的，科迪，你从没学过投桃报李？"

"那不一样——"

"哪不一样？都是 FIFA 项目。没有变通哪来这些赚钱的项目？否则你科迪一分钱薪水都拿不到手。"

科迪一声不吭。

老头子显然有备而来："我知道，在座一半以上反对我。认为我扩张 FIFA 的版图一定撑破了自己的腰包。不，你们了解我的底线，我要是拿过黑钱，要杀要剐随便。但是，犹大先生，你真以为你抓住了把柄？”

外联部主任特洛德开口了：“支持一个FIFA高官往自己账户上转入非法收入是正当的？约瑟夫，你把我们当傻子？”

老头子狠狠盯着他：“那该往哪个账户打钱？我的？FIFA的？”

“既然光明正大，FIFA账户为什么不行？就因为我们刚刚把这笔钱拨给南非？”

“根本行不通。更何况，要是回到我们账户上，南非就不可能拿到这笔钱。”

“南非拿到钱了？”

“至今拿到300万美元。我们商量好了，以每年几十万美元的幅度支持他们。今年的钱还没来得及拨出去，瓦尔克就被在座的某人举报了，也把所谓的布拉特的证据给了美国人。”

短暂的沉默。

突然发难的是阿兰：“通过私人账户就没问题？我们当然有权质疑这些钱的用途，它究竟有没有进入你个人或者瓦尔克的腰包——哦，抱歉，这已经是瓦尔克的钱啦。”

他的话引来一阵哄笑。老头子也笑了。他越到关键时刻越精神，胜利女神似乎永远站在他这边，十六年来我就没见他输过。大厅里越来越热，有人脱下黑西服挂在椅背上，有人回头看了看我。我知道我在很多人眼里犹如空气。一个保安，还是个中国人，还干过跑堂的。FIFA 没有比我更卑微的家伙了，除了楼下那一大片俯首而立永远被踩在脚下的草坪。我会证明自己，也会向正在读这篇小说的你们证明自己。咱们走着瞧。

“没错，阿兰，你说得没错。它的确已经是瓦尔克的钱了。但是这笔钱和你腰包里的钱最大的区别在于，你每周五晚上掏出 800 美元搜罗不满 18 岁的妓女，瓦尔克呢，他老老实实帮助了南非 13 万名足球小子。每一笔钱都花得清清楚楚，干干净净。”

我惊呆了。我相信在座的人都惊呆了。

“你胡扯！”

“要我拿出你每次找乐子的时间和地点吗？”

“你没证据。”

“上周五，晚 8 点，你去了臭名昭著的桑顿街 71 号，接待你的玛格丽塔为你提供了一名非洲籍 17 岁女孩多尼。凌晨 1 点才开着你的宝马车离开。没错吧？还想听吗？上上周——”

“行啦！”

“我有权根据 FIFA 条例第 12 款开除你，根本用不着执委会通过——一旦发现 FIFA 官员出现任何品行方面的问题即可开除。招妓，特别是未满 18 岁的雏妓，算不算品行不端？”

“杂种。自以为是的杂种。”阿兰站起来，气急败坏拎起西装大步往外走，经过我时我仍能感觉到他的浑身怒气，“开除我？随便！约瑟夫，随你便。我他妈受够了。你就是个卑鄙无耻的大杂种。”他高声咒骂，很快消失了。

布拉特搓了搓手。

“人类最大的缺点莫过于拒绝真相。”他轻声说，“尼采说的。伟大的尼采。”

“真相就是程序已经违法。”约翰逊反驳他，“约瑟夫，就算你这些钱全部用于南非青少年培训，它还是非法的。由于你的暗中鼓励和支持，它就更加肮脏丑陋了。就像很多犯罪片里的烂警察，为了看似公正的目标大开杀戒。约瑟夫，你像街头小混混一样不择手段，真的看多了好莱坞那些不入流的警匪电影？”

胆子真大呀。此前老头子的属下哪敢这么放肆？难道今晚早有预谋？布拉特望着约翰逊，脸上出现标志性微笑，它像狼牙尖上的寒光令人战栗不止——这是他最拿手的。我突然意识到，老头子像以往任何一次面对危机一样，早就胜券在握了，他面前的 12 个家伙（除了普拉蒂尼）仍是一群乌合之众。

“你说对了，我是亨弗莱·鲍嘉的影迷，他经常扮演除暴安良的黑色英雄。但是，诸位，这位大英雄帮你抓住了小偷，你非但不感激他，还要把他送进监狱？”

“瓦尔克，加上前面 6 个家伙，肮脏的 FIFA 像巴黎下水道一样肮脏。”

“难道你不是肮脏的 FIFA 的一分子？”

“但愿不是。”

布拉特冷笑：“为了一个伟大的目标，脏一点又何妨？何况，肮脏还是干净，还轮不到你这个小人来告诉我。”

“你偷换概念。”

“偷换概念的人是你，本特·约翰逊，你把拨给亚洲的钱偷偷给了欧洲，尤其是法国。看起来100 万欧元给谁都是给，但是亚洲汇率多少？如果你给了中国，那是 800 万元人民币。你宁愿讨好巴结欧足联和法国足协。就因为他们一直反对我并且给你几十万回扣和一套海滨别墅？”

“你胡扯！”

老头子转向我：“李，请你去一趟我的办公室好吗？对，就在我桌上。”

我点点头，转身往外走。被一种莫名的亢奋与没来由的悲哀推动着，我穿过走廊，来到三楼布拉特办公室。我有钥匙。我开门进去，打开灯，他那张窄窄的咖啡色橡木桌十分整洁，左上角放着他这辈子拿过的唯一的足球比赛奖杯——苏黎世一家业余俱乐部参加该市比赛第三名，小小的，古铜色圆球，底座由四根细细的柱子支撑。国际足联掌门人拿到的最高奖不过如此。桌子正中放着那份文件，塑料袋子装着，我没看，抓起它出了办公室，锁上门，连走带跑回到二楼大厅，穿过他们身后空荡荡的白色空间，将它放到老头子面前。他向我道了谢。我手脚发烫，疾步退到门外。

布拉特举起它：“这是往来巴黎与FIFA之间的汇票影印件，以及法国方面购置的戛纳海滨一套豪华别墅合同影印件。你想说我伪造的吗？”

约翰逊面如死灰。

“没错，西西莉亚报的料，你的三个情妇之一。”老头子笑了，“我没收买她。只不过动之以情晓之以理。真好，她站在伟大的FIFA一边。”

“无耻的杂种。”

“你是离开，还是留下来？”

约翰逊起身离席，将身下的椅子弄出很大动静。

他这一走，大厅仿佛空了。沉默持续了很长时间。我来回踱步。站的时间太久了，腰部酸得厉害。

普拉蒂尼终于出招了：“约瑟夫，如果你今晚的目的是摧毁你的下属，我认为不算光明正大。”他站起来，靠近布拉特又慢慢返回。米歇尔·普拉蒂尼，我从小就认识他，世上最伟大的球星之一，今年整六十岁啦，仍然神采奕奕，不怒自威。他是老头子最重要的对手。至于算不算死敌，我一直拿不准（相信不是）。“说出来吧，”普拉蒂尼说，“别绕弯子，到底谁背叛了你？你今晚的话互相矛盾。其一，瓦尔克案件是美国FBI插手的，那就谈不上背叛；其二，你认为揪出某个人，就能挽救FIFA的声誉？我看挽救不了。我想说的是，事情发生了，主席及其领导的执委会必须思考下一步到底怎么办，不是把我们召集在一起，一边吃着肯德基一边互相攻讦。其实我的立场与你相反，我不认为我们当中藏着什么犹大，因为过去四年来他有无数次机会可以把瓦尔克事件公之于众，可他没这么干。说明什么？只能说明叛徒不在我们中间。一切都是巧合，是意外，也是美国插手 FIFA 的直接后果。虽然我们之间有很多不愉快，但事态的持续恶化不是我们想看到的。我们热爱 FIFA，谁愿意为之奋斗的事业遭到这样的重创？FIFA 的利益难道不高于一切个人利益？必须同舟共济，不是你杀我我杀你。你说呢，约瑟夫？”

普拉蒂尼就是普拉蒂尼。厉害。我看见罗梅罗、奥尔森等五六个家伙应声虫似的频频点头。相比之下，布拉特只考虑个人利益的做法小家子气多了。不过，事情真的这么简单？

布拉特站起来了，拍响巴掌。整个大厅充满这个单调但是响亮的声音，啪，啪，啪，啪。12 个人抬头看他。我的心跳快得不能再快。

老头子凑近普拉蒂尼，按住他的肩膀。

“米歇尔，米歇尔，你一直光明磊落，心里永远装着 FIFA。如果我洗手不干了，我深信，在座各位也都深信，没有比你更适合执掌 FIFA 的人选了。”

“还有阿兰，有约翰逊，有——”

“我不该在这种时候——我连任的时候，瓦尔克事件全面爆发之前，揪出犹大？”

“不太稳妥。”

“稳妥，我领导FIFA十七年，何曾稳妥？从来就不缺猜忌、内战、你死我活。外界对我的批评太多了，说我顽固、独裁，彻头彻尾的伪君子、强权政治的恋尸癖。你的哥儿们马拉多纳就认为我的FIFA是史上最黑暗的。没错吧？”他牢牢盯着普拉蒂尼，“我倒想问问我亲爱的米歇尔，FIFA内部的战争和倾轧，都是谁干的？是我吗？不是，我是那个被挑战被暗算的倒霉蛋，恨不能为我的破奥迪装上防弹玻璃。到底谁干的？”

“是我？是我把你和瓦尔克卖给了美国人？”

“我没这么说。因为不是事实。伟大的米歇尔从来不屑于暗枪和冷箭。”他左右环视，慢慢走回去，坐下。我相信其余的人紧张得快死了，“各位，今天是我连任FIFA主席第四天，揪出犹大的时机刚刚好。必须给美国一个下马威。你们同意吗？”

“你就不怕他到处宣扬，把各种丑事公之于众？”

“谢谢米歇尔，谢谢你的提醒。我都想好了——他有证据吗？没有。但他出卖FIFA的证据，我有。记者就在副楼的媒体大厅。我召集的，抱歉，迪亚尼，我私自越过了你这个新闻官，行使了一下新任FIFA主席的权力，今晚我将告诉全世界谁是FBI间谍，安插在FIFA整整三年。”

鸦雀无声。他们齐刷刷望着老头子。我也相信犹大就在他们中间。不会是普拉蒂尼，虽然他与布拉特的暗战人人皆知。他不玩阴的，就像球场上那个伟大的任意球之王。就在布拉特参加竞选之前，普拉蒂尼站在我现在站的地方含着热泪劝说老头子：“我必须说真话——约瑟夫，辞职吧，你应该为这么多的腐败黑案承担责任。站出来不丢脸。我要在你这个年龄取得这么多辉煌，根本不会谋求连任的。把机会让给别人，FIFA 到了改变的时候了，就像 1998 年，我们围在你身边改变阿维兰热的 FIFA 一样。”这番肺腑之言让老头子久久呆立不动，脑袋耷拉着，像一个迷茫衰朽的孩子。但仅仅过了几个小时，当他美美睡了一觉，重新回到办公室，他又是从前的布拉特了——目空一切，强势，以老虎般的自负投入竞选；又矮又肥的他就像钢铸的，铁打的。一个年届八旬的老头子，碰上这么多丑事，遭到这么多骂声还能站得稳稳的，真不可思议。

他冲我招手了。

“李，请你再跑一趟我的办公室，对，抽屉，没上锁。”

我转身走入长长的仿佛没有尽头的走廊。声控灯追着我的脚步依次亮起，又突然熄灭。我循着刚才走过一遍，也是每天必走、二十年来不知走了多少遍的路线直达三楼，重新来到他的办公室。

我找到一只牛皮纸信封，上面印有机密字样。

抽屉里再没别的。我抱紧它，起身时忽然发现桌下一只小小的文件柜顶上放着一件东西——玻璃制造，亮闪闪的，应该是照片。出于人人可以理解的好奇，我抓起它，翻过来。一张全家福，穿白色T恤的布拉特紧紧抱着孙子小约瑟夫，领口随意敞着，露出旺盛的胸毛；身边是满头银发的妻子安娜；在他们身后，站着大儿子乔治和二儿子比约克一家。我数了数，老老少少一共14人，6男8女。背景，如果我没猜错，应该是瑞士琉森的乡间别墅，左上角出现琉森湖一角，一只优雅的黑天鹅来回游弋。老头子的微笑令人震撼——与十六年来我见过的所有标志性微笑简直对不上号，他如此慈祥、安宁，脸上全是祖父和父亲的浓浓爱意。我有点蒙。我闭了闭眼睛又睁开，似乎在打量一个陌生人。外面，夜色抚摸草坪，FIFA的银色标志牌闪闪发亮。我小心翼翼将照片翻过来，放好。

我前面说了，无论我来，还是去，都要经过长长的走廊。

我不停流汗，虽然走廊里也有空调并且恒定于25摄氏度左右。走廊右侧是落地玻璃窗，夜色更浓了；东面，副楼一楼的MIDIA大厅亮着灯，至少二十家媒体记者严阵以待。老头子做事向来强硬，这一次更不能输，他把该想的全想好了，今晚的剧情必将按照他的设计向前推进。蝙蝠没有出现。草坪像融化的湖水，天空中有一轮淡淡的弯月，光芒所及之处实在有限。就在这栋大楼楼顶，月光无法探测之处，我忽然发现一团漆黑坚硬的影子，比黑夜本身更黑，你凭肉眼几乎难以看清。或许，那里藏着一个狙击手，三五个间谍，一伙亡命之徒？我的心怦怦跳，仿佛要蹦出嘴巴。视线下移，FIFA 的标志牌晦暗模糊，比街对面肯德基的广告和霓虹差远了。

到底谁是内鬼？

大楼没有监控，我转身去了洗手间。

返回大厅之后，我在众目睽睽之下靠近老头子那只衰败的散发着淡淡臭气的耳朵。我悄声告诉他，抽屉里没有任何东西。

他惊呆了。

消息迅速传遍大厅。有人站了起来。好几个家伙的鼻梁、额角渗出汗珠。他们或白或黄或黑的皮肤映衬着空洞焦灼的眼神，仿佛脊梁断了。我知道，此时此刻，有人高兴得要死，有人沮丧得要命。我知道，更多人的心脏就像老头子那张厚实的橡木桌，早就没知觉了，就像无数对高房价、高教育费、高医疗费完全麻木了的中国同乡。

布拉特、普拉蒂尼、迪亚尼三人冲向三楼。

剩下的人或坐或站，很快一片喧哗。

老头子返回时，脸色白得像坍塌的墙。大厅里顿时安静下来。他缓缓回到座位，但并未坐下，举手吩咐我：关上门，不许任何人进来，包括前来打探消息的记者。我按他的要求做了。大厅里很快传来争吵声、辩论声、责罚声、对骂声、哀求声……但我真的无法听清他们说些什么，又是谁在说话。我站了很久。其间果然有五家媒体代表从副楼赶来打探消息，我只能一一劝退，告诉他们等等吧，再等等。MIDIA 厅外有热咖啡。记者们焦躁地试探我，“待会儿，一定是猛料吧？”

“当然。”

零点三十分，声音消失了，大厅静如坟墓。我怀疑他们是否遭到了不测——想象中的狙击手扣动了扳机？之后，老头子的声音重新响起来，他猛地吼了一嗓子，吆喝他的部下打起精神。零点三十五分，门开了。普拉蒂尼第一个走出来，再次眼含热泪；随后是俄罗斯人罗梅罗、韩国人朴宰勇、阿根廷人迪亚尼……全都面色凝重，犹如地狱里的僵尸。

最后是老头子。他经过我时，咧嘴笑了，仿佛精疲力竭。

“撤吧。”他说。

“去哪？”

“媒体大厅。”

“有重要消息宣布吗？”

他点点头。

“可是……”

“我累坏了。”他深深叹气，“走吧，一个人能决定自己命运吗？很难。但是，也说不定再容易不过啦。”

我摇摇头。

他又笑了，拍拍我的肩膀。

我尾随他们来到副楼。零点四十分，布拉特走进大厅，向媒体宣布了一个石破天惊的消息，“我的连任并没有获得所有人的支持……我正式辞去FIFA主席一职，新的竞选方案，将择日宣布……”

我呆呆站着。不知该高兴还是该为老头子深感悲哀——对，悲哀，就像自己的祖父突然去世一样。是时候改变一下了，无论世界，还是足球，或二者兼而有之。谁敢保证你的选择是对的？可我无法断定，我的所作所为是对还是错。他都79岁了。他刚说两句，我已泪如雨下。我被难言的孤独和凄凉抓住了，正如我孤身来到瑞士二十年突然发现自己仍茕茕孑立一样。我低头走出去，走向辽阔得仿佛无边无际的草坪，想象自己变成无数青草中的一小株。月光洒下来，草叶微暗发亮。

我指缝里还有碎纸屑，它们冲入了FIFA的马桶，永远消失了。是的，我知道谁是犹大，但我永远不必说出来。就让它烂在肚子里吧。我将追随老头子一起辞职，共同捍卫这个巨大的逆转了一个足球王朝的秘密。

诺坎普

上周五，西班牙《马卡报》记者乔万尼飞抵北京采访足协主席蔡振华，当晚向我披露了知情者不超过十人的“梅西事件”。乔万尼是信得过的朋友，他于 2015 年 6 月 1 日对此做了记录。我们在北四环一家小酒吧待到凌晨，乔万尼向我展示了他写在手工笔记本上（而非电脑上）这篇永远不会发表的作品，它读起来真像一部小说。他这么做，大概是为了感谢我辗转通过当年武汉体院同学帮他找到体育总局领导，最终敲定蔡振华专访的缘故吧。何况，他知道我是巴萨拥趸，更是梅西的粉丝。

嗯，这是一只浅绿封皮、纯手工红丝绒番石榴花勾勒的笔记本，页码不算厚，很多地方出现磨损；乔万尼小心翼翼交给我，被人偷看的担忧大可不必，我敢保证这家小酒吧只有我和他说西班牙语，当然也就无人能读懂他潦草的记录。下面，我将把“梅西事件”重写一遍。不过，我可不能确定我写下的东西与乔万尼的记述百分之百吻合，时间、地点和少量细节都有改动。毕竟我使用的是中文，并且距离乔万尼向我展示笔记本的 9 月 9 日，都过去了这么久。

那就开始吧。

2015 年 5 月 24 日晚，最后一个走出更衣室的梅西被人拦在诺坎普（注：巴塞罗那主场）的弧形阴影中。他以为是苦等他的球迷。此人凑近了，竟是鲁伊斯·菲戈——葡萄牙黄金一代的 7 号队长。诺坎普之王。诺坎普犹大。

梅西的心怦怦跳。差不多每年都碰见菲戈，最近一次是 2014 年世界杯决赛，他们在马拉卡纳球员通道打了照面；作为应邀观战的嘉宾，菲戈大声祝福他，还拍了拍他的脸。

现在，菲戈面带微笑：“你好，小子。”

“鲁伊斯，你怎么会在这里？”

“来见证奇迹。诺坎普奇迹。”

“哈维？”

“哈维和你。你又进两个。”

梅西羞赧地摇头：“哈维邀请你来的？”

菲戈没说话。

对，不可能。菲戈极少返回诺坎普。2001 年他突然转投皇马，从此成为诺坎普犹大，加泰罗尼亚叛徒，一辈子别想摆脱了。当年的菲戈多牛啊，右路过人如麻，梅西无数次坐在巴萨青训营的诺坎普

C区目睹他上演奇迹。1999年对阵塞维利亚关键战，菲戈连过3人怒射破网，观众疯狂了：一个女人痛哭着，像吞奶酪一样将巴萨围巾塞进嘴巴；一个壮汉脱得只剩一条绘有菲戈头像的三角裤头，在狭窄的过道狂奔；另有一拨老球迷一面呼唤菲戈，一面跪拜行礼。他当然记得菲戈代表皇马首次回到诺坎普之夜：只要鲁伊斯触球，加泰罗尼亚人犹大犹大犹大的谩骂声几乎掀翻巴塞罗那城；他主罚角球的时候更惨，拖鞋、手册、矿泉水瓶、硬币甚至小刀子像蝗虫一般砸下来；有人还扔下一只血淋淋的猪头；比赛中断了二十多分钟。菲戈的脸色比死还难看。你很难想象曾经为他癫狂的球迷转眼成为死敌。人生不就充满匪夷所思的逆转？银河战舰10号仍然很棒，但比起巴萨右路王总是缺少了什么。

到底缺了什么？

“伟大的哈维，伟大的告别。”菲戈说。头顶上方，巴塞罗那的群星神秘温柔。

“他配得上这样的告别。”

梅西不止一次幻想过自己的告别礼——像哈维这样？看台上拉起巨幅照片、观众山呼海啸、高举冠军奖杯、泪洒诺坎普？不，他很清楚他在巴萨的分量，更清楚四届世界足球先生的分量。他的告别将媲美罗纳尔多、齐达内甚至马拉多纳的告别。在此之前才是最难的，本赛季，哈维已很难进入23人大名单。

“和他踢球是莫大的享受。”菲戈说。

“为我传了数不清的好球。他才是诺坎普之王。”梅西说。

“喝一杯？”

“算啦，今晚还取消了哈维的晚宴，因为6月7日的柏林决战。”

“巴萨捧杯是铁定的。尤文图斯强弩之末。谁也防不住你。”

“谢谢。”

“走吧，街角有一家不错的咖啡馆。”

“我担心球迷。”

“我已经把它包下来了。”

咖啡馆也叫诺坎普，他每次训练、比赛结束都会开车经过它；极简主义的白色落地窗，深蓝色墙面上张贴着每周更换的巴萨战报；生意很不错，但梅西哈维内马尔等人不会光顾的。它仅仅属于球迷。进去时，梅西下意识低下脑袋。好在店里果然空荡荡的，除了吧台后面一个蓄着八字胡、长相酷似葡萄牙前主帅奥利维拉的老板兼服务生，没有多余人；店面狭长整洁，柠檬色灯光充满梦幻感。菲戈冲老板挥挥手，挑一张靠窗的橡木桌子坐下来。

老板走近他们，问喝点什么。此时，门被推开，一个光头大家伙拎着一只大提琴盒走进来。他很高，一米九以上的样子；他径直走上马蹄形的表演区，打开琴盒，像取出烤面包一样取出大提琴。他开始演奏，曲子大约是《四季》或《恰隆巴》，他不太懂。他热衷流行歌，比如美国的寇比·凯雷；皮克的老婆夏奇拉也不错，皮克曾经挨个儿向队友们赠送夏奇拉签名的CD。她多性感啊。菲戈要了卡布奇诺，梅西要了苏打水。大胡子老板不卑不亢，微笑着冲他伸出手，梅西和他握了握。欢迎来到诺坎普。老板说，就像接待两个普普通通的球迷；咖啡和苏打水很快端了上来。

“鲁伊斯，你还好吗？”梅西说。

“很好。”菲戈说，“一直是葡萄牙和欧足联的亲善大使，去了很多国家，阿尔及尔、中国、缅甸……在韩国差点感染猩红热。”

“我去过中国。你无法理解这个大国的足球这么差劲儿。”

“如果踢球的孩子有打乒乓的一半多……”

菲戈一点不显老，也没有发福，一直是很多女粉丝眼中最性感的男人。窗外，晚九点的巴塞罗那灯火暗淡，街道宽宽的。老板在吧台后面端坐，电视开着，是今夜巴萨加冕联赛冠军、挥别哈维的实况。看来他没去现场，也错过了直播。

“说正事吧，鲁伊斯。”

菲戈摊开两手，指关节粗大多毛。灯光洒下来。它们很白。像刷过油漆。

“你在巴萨过得很好？”

“你知道，我14岁就来到青训营。诺坎普就像我的家。”

菲戈望着他：“你在巴萨创造了这么多的奇迹——当然，我的C罗也很优秀，是他督促你不断进步——你认为，必须把自己献给巴萨？就像——”

“劳尔？”

“对对，劳尔。他为皇马踢了十八个赛季，37岁才去了德国，还帮助沙尔克2014年打进欧冠四强。了不起的劳尔！他是我的好兄弟。”

“三十六七岁再走，太晚了？”

“是太晚了。”

“如果不走呢？”

“你想好了？”

“从没想过。”

“向萨内蒂学习？他是你老大哥吧，在国米干了一辈子。”

“忠诚是阿根廷人的最大优点。”梅西说。

“我知道你怎么想。大家庭般的感情。你，哈维，伊涅斯塔，皮克，包括后来的内马尔、苏亚雷斯……你好像跟每一个人关系都不错。”

“不是每一个人。”

“是吗？”

梅西没吭声。

“主场半决赛屠杀拜仁[①]。小子，你太伟大了。”

---

① 2015赛季欧冠半决赛首回合，巴萨3:0大胜拜仁慕尼黑占据绝对主动，梅西在诺坎普连入两球。

菲戈说。

梅西有些窘。得到前辈大师的褒奖就像做错事一样。马拉多纳也经常把他挂在嘴边——梅西是我的接班人。上帝钦点的梅西。哎，虽然拿了那么多冠军，创造了那么多纪录，但距离伟大的迭戈·马拉多纳还是那么遥不可及。去年巴西决战差一点成就了他—— 一点点，就差那么一点点。伟大与准伟大的窗户纸不是谁都能捅破的，正如鲁伊斯·菲戈。

“第二粒进球比探戈还漂亮，你晃过博阿滕，用你一点也不常用的右脚挑射破网。小子，你怎么做到的？”

“真的没什么……当年，你不也为巴萨打进了很多伟大的进球？”

菲戈笑了。

角落里，光头琴师闭着眼睛，动作娴熟优美，简直像抚摸琴弦。你再难找到与之媲美的画面，除了梅西的进球。

“鲁伊斯，我累了。我刚踢完最后一场联赛。”

“好吧，”菲戈说，“好吧。弗洛[①]最近找到我，希望我出面，说服伟大的梅西加盟皇马。”

虽然隐约猜到他要说什么，梅西仍被他说出口的话吓住了。一个叛徒，犹大，还有胆劝降他曾经背叛的盟友？菲戈转投皇马那天，梅西像初到西班

① 即弗洛伦蒂诺，现任皇马俱乐部主席。

牙的11岁阿根廷男孩一样哭了。他多热爱罗尼[①]和菲戈啊。葡萄牙人一定忘了追在他后面索要签名的小子，这小子渐渐长大，在瓜迪奥拉手上练就一身绝学。现在，他真为他尴尬而难过。他何必说出来呢？

“十亿美元。”菲戈竖起苍白的手。低沉的大提琴声环绕它们，像环绕十个叛军首级，“弗洛说，你能拿走三亿美元。绝对是当今世界足坛最高身价。就算迭戈重返28岁也拿不到这么多。”

梅西轻轻摇头。

“少吗？”

梅西开始习惯性地啃指甲。大胡子老板突然拍响巴掌——为了梅西的进球。嗯，没什么难度，接内马尔助攻推射空门。巴西人可以自己得分的，却无私传给了他。老板回头朝他们看，冲梅西竖起大拇指。

“弗洛说了，价钱好商量。毕竟是梅西啊。”

“就像当年的你？”

“我没法跟你比。”

“50万美元就把你搞定了？”

“30万美元。”菲戈说。“只有30万美元。”

“伟大的菲戈为了30万美元就背叛巴萨？”

菲戈看了看大胡子老板。

“小子，我可以告诉你。”他说，“当年我向

---

① 即罗纳尔多。

努涅斯[①]提出加薪。上赛季我们战绩太好了，拿下联赛冠军，拿下超级杯，拿下欧冠。我为巴萨流汗流血。欧冠决赛如果没有我的右路传中哪有普约尔惊世骇俗的头球？我真想活活跑死、累死，只要拿下对手。加薪不过分吧？但是，努涅斯只会举着刀子要你卖命。罗尼后来去了国际米兰，莫拉蒂就像待儿子一样待他。努涅斯呢？罗尼重伤，立即挂牌抛售，身价是原来的一百倍！球员在他眼里和毛驴有什么区别？一旦离开，立马有人顶替你。努涅斯的字典里没有挽留，这狗日的血管里流淌的不是温情，是冰碴。就算梅西的巴萨拿下这么多冠军也没用，否则瓜迪奥拉就不会远走拜仁。”

“可是巴萨也给了你那么多。”

“我给巴萨的不够多？”

“我觉得，球员就应该像劳尔，像萨内蒂，像托蒂，为一支球队踢一辈子。”

“就像婚姻，小子。义务和责任是双方的。很多人就想一辈子守着一个女人，结果呢？”

“自己的原因呢？”

“我不该要求加薪？”

“就算努涅斯不给你加薪，你也应该——”

“留下来？是啊，就算当年努涅斯不同意加薪我就不能留下来？……没有如果。小子。努涅斯把我的加薪申请无限期搁置了。也就是说，他没说同

---

① 巴萨前主席。

意也没说不同意。太伤人了。”

“所以你找了弗洛？”

“是他找的我。”

“他主动找你？你没想过叛逃他怎么可能找你？”

“小子，别用这种口气跟我说话。”菲戈说。

“叛逃，就是叛逃。”梅西说，“加泰罗尼亚人至今还在骂你……你根本不懂忠诚对一个球员的意义。”

“忠诚？”菲戈摇摇头，“我在巴萨五年，不下半打球队开出三倍的工资。罗马，尤文图斯，塞维利亚，大巴黎。忠诚，我比你们所有人加起来都他妈的忠诚。”

“可你离开了。鲁伊斯·菲戈，还是穿了皇马10号。”

“努涅斯死也不给我加五分之二的薪水！都是我的错？”

“你离开了。你去了皇马。”

“我不得不去。”

“你永远离开了，鲁伊斯。”

“去他妈的努涅斯，去他妈的弗洛！”

他们互相望着，仿佛筋疲力尽。大提琴的节奏变快又变慢，旋律凝重哀婉。大胡子老板坐着没动。比赛在继续，梅西无法看清画面，直觉告诉他，离他第二粒进球不远了。

“你听我说，小子，”菲戈垂下手，“弗洛希望我加盟皇马那天，我比你还震惊。怎么可能呢？我怎么可能投靠他？我们是死敌，一直是，永远是。可他说服我草签了一份合同，声称有了它就能向努涅斯施压了。”菲戈的声音低下去，“合同这么规定的：先付我 30 万美元，一旦弗洛竞选皇马主席成功我就转会皇马——当时他只是俱乐部的副主席呢。否则，我将赔他 3000 万美元。”

“3000 万美元？”

“当时谁要觉得弗洛能竞选成功谁就是疯子。桑斯才是马德里大佬。我想都没想就签了它，净挣 30 万美元。后来，弗洛的票数居然过半！我傻啦。只有三条路可走。1. 答应弗洛，去马德里。2. 留在巴萨，赔偿 3000 万美元。3. 退役。换了你，小子，你怎么选？”

梅西喘不上气来。

菲戈举起杯子。

光头大提琴师暂停演奏，老板为他送去一听可乐或苏打水。大提琴师腰板挺得笔直，始终没看他们一眼。梅西突然喜欢上了他，此人一身斗牛士的酷劲儿。他有点可怜菲戈了——他在努涅斯、弗洛手里栽跟头再正常不过。他是球场硬汉，走下球场呢？

“说你吧，小子。说说你。”菲戈说。

“我不想去皇马，不想做 C 罗的队友。”

“13 亿。你拿 5 亿，税后，一次付清。”

“不是钱的问题。”梅西说，“绝对不是钱的问题。就像你抱着全世界的钱找到迭戈，让他背叛阿根廷一样。”

这时大提琴师去了洗手间，几分钟后走回来，坐好，操起琴弓。仍然没往这边看上一眼。琴声复又响起，旋律像一群金色蜂鸟飞入梅西的耳朵。是他熟悉的《上帝之城巴塞罗那》。真美啊。

“我一直以为，这个操蛋的世界就剩下钱的问题了。”菲戈扭头往外看，百米之遥的诺坎普就像一个伟大的梦；今晚最后一战也不太像真的，巴萨又拿了联赛冠军，加泰罗尼亚人嗨翻了。梅西的大理石雕像出现在市政广场，和毕加索做伴是迟早的事。几百年来，能在广场立像的人物只有5位——堂吉诃德、毕加索、达利、伊涅斯与巴勃罗，后两者是斗牛士和政治家。梅西的最大争议是，他来自阿根廷。但只要像萨内蒂待在国米一样待在巴萨，一切都不是问题。

“你还不明白？我挣的钱够多了。我只想和我的兄弟们并肩作战。”

“你会老。你们都会老，会离开足球。没什么东西是永恒的。”

“足球是永恒的。”

“你从不厌倦？”

“厌倦什么？”

“足球也会让人厌倦的。你待得够久了。你不觉得，换个环境能让梅西获得更大成功？”

梅西望着他。

“小子，你知道我在说什么。”

梅西的心怦怦跳。

“对，就是大力神[①]。”菲戈说。“弗洛和布拉特的关系就像铁打的，去年他四处游说才确保葡萄牙附加赛干掉瑞典挺进巴西——白痴都能看出来那只葡萄牙的成色，C 罗差不多以一己之力挽救球队。难道，仅仅是 C 罗一个人的功劳？”

菲戈满脸苦笑。

“弗洛，我，我们想尽办法才帮了我的葡萄牙。只要你投奔马德里，弗洛可以帮你搞定俄罗斯的决赛入场券，力推阿根廷拿到冠军。一旦你加冕，梅西，伟大的梅西，能与你比肩的只剩下马拉多纳、罗尼和贝利了，就连齐达内也比不上你。”

他清晰地听见自己的心跳声，像一粒子弹来回飞蹿，大提琴也跟不上它。他招手让老板上了一瓶矿泉水。他从不喝碳酸饮料，也不喝咖啡。必须为 6 月 7 日之战集中精力。他忽然觉得什么地方不太对劲——菲戈为什么挑了决战前几天来见他？为什么不在柏林？为什么不推后几天？

“是意大利人让你来找我？”

菲戈摇头：“我打心眼里希望巴萨捧杯。是弗

---

① 世界杯。

洛的意思，他很着急，希望你下赛季就穿上白色战袍。除了大力神杯，弗洛还将在你退役后聘请你担任皇马终身顾问。年薪500万。任期从你退役，直至坟墓。”

“他疯了。”

“他是疯了。他是全世界最精明的疯子。”

“他真他妈疯了。”

“巴萨能给你这些？答案绝对是NO。”菲戈说，“年薪1200万、三年合同，仅此而已。伟大的梅西，努涅斯能给你的，仅此而已。”菲戈死死盯着他。“你配得上弗洛答应你的所有条件。前无古人的条件，小子。2018的俄罗斯，你31岁了！”

“是啊，我们本该在巴西夺冠的。”

“迭戈在你这个年纪做到了。如果错过俄罗斯，你认为你还有机会？”

梅西继续啃着指甲。

“我在等你说，YES。”菲戈说。

梅西啃指甲的频率明显加快，就像啃一只螃蟹。

“为什么？”他说。

“什么为什么？”菲戈说。

“为什么找我？”

“这还用问吗？”

“能相信弗洛？当初你不就轻信了他？”

“可他的承诺，全部兑现了。”

“你承认了，”梅西说，“承认是你的问题。”

“哎，实话说吧。这么些年来，我每次走近诺坎普都吓得发抖。我怕他们认出我，更怕什么人跳出来对我捅刀子。我告诫自己都过去了，是他妈的命运开了一个卑劣的玩笑。凭什么鲁伊斯·菲戈被钉上十字架？我在巴萨、皇马奉献了足够多的经典，还不够吗？如果跳出狭隘的马德里和巴塞罗那之争呢？抬头看看世界，我们流血流汗都为了什么？除了足球，还能为了什么？”

他凝视着梅西。

“弗洛会为了你的大力神拼上老命，我也会。我喜欢你、崇拜你，如果能为你赢得一次大力神，是我毕生的荣耀。”

“球队是 11 个人的，你们怎么可能主宰一支球队的命运？”

“场上 11 个人，场下远不止 11 个人。场下的人当然能主宰场上的人。否则就不会有法国 1998 年夺冠，2002 年韩国人也进不了四强。”

“就算主宰几场比赛，总不能主宰全部的比赛。”

“小子，阿根廷会进入最后决战，然后捧杯。”

“……”

“机不可失。迭戈、罗尼之后，球王需要接班人。”

他扭头往外看，街口的红绿灯孤独地亮着。大提琴声若有若无。

“我们曾经都梦想自己成为迭戈，成为贝利，结果呢？”菲戈说。“人们等得太久太久了。”他继续凝望着他，“小子，你还等什么？”

梅西回过头。

菲戈掏出手机，拨了一串长长的号码然后递给他。当那个略显沙哑的嗓音在耳边响起，他差点热泪盈眶。迭戈，伟大的迭戈。

“是我，”梅西说，“是我，鲁伊斯就在我对面呢。迭戈，我刚踢完最后一场联赛。”

远在布宜诺斯艾利斯的马拉多纳问候他们，嗓音充满倦意：“这边凌晨三点。鲁伊斯疯了吗？”电话里传来窸窸窣窣的声音，马拉多纳似乎穿着一双特大号拖鞋走来走去。“嘿，莱奥，半决赛我看电视了，你真棒，比我当年还棒。祝你6月7日捧起大耳朵杯。”

梅西大步走出去，外面星光低垂，夜风凉飕飕的。

“迭戈，抱歉很长时间没给你电话了，哎，接连不断地比赛，比赛……”

“我永远支持你。”马拉多纳说，“妈的，最近累坏了，陪着约旦王子到处游说，必须把布拉特那条老狗弄下台。太黑了。实在太黑了。你怎么能容忍一个黑手党老大继续连任？足球快死啦！”

“你听我说，迭戈，如果鲁伊斯、布拉特、弗洛承诺帮助阿根廷在俄罗斯捧杯，你信吗？”

“去他妈的。谁跟你打包票？鲁伊斯？他就是个势利小人——等一下，等一下。他什么意思？他不知道我力挺约旦王子竞选国际足联主席？”马拉多纳停下来。耳麦里传来他急促的呼吸声。梅西呆站着。一辆白色宝来呼啸而过。诺坎普球场大得像阿尔卑斯山。“明白了！”马拉多纳喊道，“答应他，答应鲁伊斯。答应他。”

“答应他？”

“傻小子。一旦你得到他的支持就为国家队上了双保险。无论布拉特还是约旦王子，你都能捧回大力神。”

“可是，迭戈——”

“你还犹豫什么？”

“迭戈，足球高于一切，还是国家队高于一切？”

“这是一枚硬币的两面。”

“但是——”

“生或者死，嗯，我选择忠诚。”

“1986 年，有人这么劝你吗？”

“操，你觉得，那时候的足球像现在一样肮脏？”

“你能发誓吗？”

“当然。我对圣母玛利亚发誓。”

“谢谢你，迭戈。”

“答应鲁伊斯。为了阿根廷，也为了我。”

他挂了电话，推开门，走回来。

“别着急回答。”菲戈说，“如果草签协议，你可以拿走300万。我原来的10倍。这大概，”他诚恳地说，“就是我和你的差距。”

“鲁伊斯，没有可比性。你永远是我的偶像。”

“这些奉承话就不用从伟大的梅西口中说出来了。欧冠结束后再答复我？”

梅西没吭声。

“我是认真的。今晚的每一个字，都是认真的。我能猜到迭戈说了什么。听他的。他才是你永远的偶像，也是我的偶像。我算什么？叛徒，犹大。”他笑了，“难道我没把最好的我献给诺坎普？”

他没法回答。

“我有答案了。”梅西说。

菲戈看着他。

光头大提琴师忽然放下琴，大步走来。

老板侧过身——他见证了录像里的四粒进球，除了梅西打进两个，拉科鲁尼亚也扳回两个。2:2是一个完美比分，既确保巴萨夺冠，又为哈维举行了道别礼。大提琴师逼近了，此人光秃秃的脑袋闪闪发亮，黑西服下面的白衬衫打着黑色领结。标准乐师打扮，彬彬有礼又矜持倨傲。

“能签个名吗？”他望着梅西。

“嘿，我在哪见过你？”菲戈说。

大提琴师笑了笑。

“行，签哪里？”

大提琴师掏出笔，又抽出一张一百欧元的钞票:“就这里吧。”他说，“只有它了。”老板走过来，小心待在他们身后，像保镖似的提防着什么。梅西签了名，把钞票递还他。大提琴师小心翼翼将它贴胸塞入西装，然后用他修长的右手来回抚摸，似乎担心它飞走。

“谢谢。”大提琴师说，“你是最伟大的。最最伟大的！加泰罗尼亚为你骄傲！唯一的美中不足是，”他望着梅西。后者由于仰视，像等待判决一样突然有些紧张。他以为他要说的是大力神杯。不料，对方摇摇头，“唯一的美中不足，你不是西班牙人。”

他们笑了。

“这位，鲁伊斯，你一定认识，他才是真正的伟大呢。”梅西说。

菲戈笑着摇头。

“谁不认识这张脸？引无数女人疯狂的脸啊。鲁伊斯·菲戈，葡萄牙黄金一代的英雄，巴萨右路王，皇马银河战舰 10 号。”大提琴师说，“劳烦伟大的鲁伊斯也给我签个名，好吗？”

“当然。”

大提琴师递上签名笔。但没有东西为之签名了。大提琴师的手伸向桌上的纸巾。老板笑着说:“罗塔，要我借你一百欧元吗？”大提琴师并未理睬，他展开纸巾，递向菲戈：“可以吗？”

菲戈签了名。令人惊诧的一幕发生了——大提琴师接过纸巾扔在地上，伸出右脚，用亮闪闪的黑色漆皮鞋狠狠踩它，很快踩个稀烂。他抬起脚，用冷漠至极的口吻一字一顿地说：“叛徒！”

菲戈目瞪口呆。

大提琴师微微俯身——他真高啊，看起来足足两米。“还记得我吗？”他盯着菲戈那张通红的脸，“14 年前，角球区，是我扔的猪头。那天我要带一把手枪也没人拦得住。我一定会冲你开枪的。”

“罗塔！”老板大声说。

大提琴师高傲地走向舞台，收起大提琴，向门外走去。

“嘿，你站住！”菲戈说。

他头也不回地去了。

老板摊开两手：“对不起，我从来不知道罗塔——”

菲戈坐下来。店里似乎仍萦绕着大提琴声；十点刚过，偶尔出现的汽车马达声穿透玻璃门。电视里反复播放最后一场联赛。本赛季梅西的进球数落后 C 罗 7 个，欧冠半决赛却让人们忘了 C 罗。

“我该走了。”梅西说。

菲戈望着自己苍白的手。

梅西伸出手，菲戈敷衍地握了握，然后放下。

梅西走向门口。四周静得可怕。解说员的语速太快了，像机关枪一样。

大胡子老板低声问他：“鲁伊斯说了什么？”梅西没有回答。“我知道他说了什么。”老板说，“我用脚趾也能猜出来他说了什么。当年弗洛伦蒂诺就坐在你今天的位置。”

菲戈高声喊道：“你刚才说，你有答案了？”

梅西回望他：“是的。”

然后他推开门，走出去。

外面，黑暗的最深处，诺坎普就在那里。辽阔，宏伟，像上帝遗落的王冠。他深深呼吸夜晚十点的巴萨气息，它带着栀子花、圣诞树、青草和露珠的香气。他比任何时候都渴望大力神杯，也比任何时候都讨厌它。黑色宝马7就趴在停车场上。该回家了。

菲戈仍坐在咖啡馆里。

“丹尼斯，谢谢。”他冲老板说。

“罗塔的表演堪称完美。”丹尼斯说。

“他说他有答案了。我猜到他的答案了。”菲戈笑着说，“真好。绝不能让鲁伊斯·菲戈的悲剧再演一遍。他真是伟大的小子。”他将一摞钞票轻轻搁在橡木桌上，“一半给罗塔。”他说。表情严峻、自豪却又带着无限悲哀。

“几点了？”他又说。

“十点一刻。”

他静静地看着丹尼斯。

“给我来点吃的。”

“只有咖啡。”

他望向外面。诺坎普的月牙形轮廓是看不见的，何况这么晚了。

“我饿啊。”

“冰箱里只有吃剩下的一点意大利面。要我热热吗？”

“算了，算了。我坐一会，就走。”

补记：2015年6月2日，刚刚竞选成功的新一届FIFA主席布拉特宣布辞职，或与国际足联出现的大面积腐败有关。约旦王子阿里立即表态，他将参加新一轮竞选。

6月7日，2015年欧冠决战在柏林奥林匹克球场打响，最终巴萨3:1击败尤文图斯夺得欧冠。梅西本场未能取得进球，但三粒进球都与他的策动有关。

赤裸

我们约好在恒力游泳馆见面。知道恒力游泳馆吗？北京路走到头就是。114报号听上去像“亨利游泳馆”。我们都叫它“亨利”——玫瑰色的钢混建筑，门脸雪白，与“亨利”的名头再搭不过了。

除了海埂红塔[①]，我和马辉最爱“亨利”。

我早到十分钟，大厅空荡荡的。夜里八点场没什么人，你能想象一个猛子扎下去，整个池子就我们俩，一人霸占三条泳道有多畅快。服务台的姑娘为我端来热水。门外夜色温柔，楼房、云彩和银桦树安安静静。身后隐约传来水声，看来今晚不单我和马辉。他不会迟到的，这是我们从小在一支少年足球队里养成的习惯。姑娘为我打开电视，找一圈也没发现明天凌晨欧冠半决赛的消息——皇马对阵拜仁哪！我热爱的皇马。天更黑了。台阶微微发亮。没有一个人。

八点二十，马辉打来电话。

① 海埂红塔——著名的海埂训练基地和红塔训练基地，是昆明近百支业余足球队周末征战的舞台。

“到了？”我说。

“刚出来。”

“我操。”

马辉说，马三突然来电，说他就在昆明，让马辉和小莉准备两万块现金，明早交给他。他呢，拿了钱就回禄劝，再不来烦他。两万，少一分都不行。

“马三？”

“忘啦？让我儿子落户的马三。禄劝县大邵村老光棍。”

“不说好的 5000 元？”

“钱给了，酒喝了，哪个晓得狗日的突然反悔？说不给两万，他就检举揭发。”

“你咋打算？”

“到了再说。”

你能想象今夜的世纪大战有多精彩——本赛季的皇马相当好，除了 C 罗，迪玛利亚、本泽马、拉莫斯都没得说；拜仁被瓜迪奥拉弄坏了，巴萨奶油般的打法一点也不适合铁血拜仁。换句话说，上赛季打遍天下无敌手的拜仁有点不着四六，未必干得过皇马。但马辉这个拜仁死忠警告我说，拜仁有的是办法收拾皇马，我们就等着殉葬吧。

谁也说服不了谁。我们从小热爱阿根廷，无条件热爱马拉多纳，支持潘帕斯蓝白骑兵军，偏偏对欧战发生分歧；大概，我曾远离足球两三年，支持的球队也太老派（那些年的故事我将写入今后的小说）；马辉却从未间断，这些年越来越爱拜仁，整天罗本罗本，我看荷兰光头挤掉他心目中的二号人物齐达内，只是时间问题。

他差不多八点五十才跑上台阶。

上服务台领手牌、换拖鞋。更衣室衣物箱紧挨着，我们脱个精光，在不足半米的空间直面对方裸体。马辉的肚腩有西瓜那么大了，当年的小肋条无影无踪，老二来回晃荡；罗圈腿的幅度似有缓和，增多的肥肉填补了一部分弯曲。小时候他的罗圈腿就相当明显，跑起来飞快，也比大多数人能控球。那时候我做梦都希望我的两腿也长成马辉这样，比他弯些，再弯些就更棒啦，率领中国队拿下世界杯还不指日可待？

“操，又鸡巴胖了。”

“鸡巴胖了？”

“你他妈鸡巴才胖了。”

我们哈哈傻笑。

“没长油肚。”我说。

“瘦啦。被老婆孩子折磨惨了？”他说。

“被折磨的是你。”

“狗日的马三，我想一刀宰了他。”

套上泳裤、泳帽往里走，穿过消毒池，进入游泳馆。50米×20米的淡蓝空间果然就我们俩。先前我在外面听到的哗哗声如同幻觉，没准某个游泳者悄悄走掉了。

“非要两万元？”

“两万元。”

“有这次还有下次。”

“我也这么想。”

我盯着水面，你能闻到淡淡的腥味。“亨利”是全昆明最无可挑剔的游泳馆，很多年前就举办过亚洲游泳锦标赛哪。平均水深达 2.3 米。

“今晚皇马拿下拜仁。”

“做梦！”

“我赢了咋整？”

“红河鸡脚王，波罗村猪蹄，随便。”

“老云纺狗肉？”

“行。”

“先来 800？”

“行。”

我们站上跳台，喊一，二，三，同时跃下。微凉的水冲撞并切割身体的瞬间仿佛坠入汪洋。暂时性的冰冷几秒钟就过去了，你很快就能适应；水缠住你，浪花飞溅；耳朵里全是哗哗声，响亮，透彻，犹如地心律动——能和足球媲美一二的，唯有游泳。我们以差不多的速度一气四个来回，200 米，离 800 米还早，可你突然觉得自己老了，再也没办法一次完成它。我们呼呼喘着，在窄窄的泳池边缘站住，俯视水面；齐胸的水像军队一样蠢动，类似共鸣的暖湿气流经池顶穹隆反弹回来，像蜂鸟贴着耳朵低鸣。这感觉太棒了，你好像飘在太空，俯瞰地球。

“她的主意——小莉的主意。”

“她的？”

“哪有更好的办法？”马辉深呼吸，泳镜银光闪闪。还好，胸肌还没萎缩，还没变成肥膘。

我没吭声。是啊，哪有。

“你想，超生20万元。我操。够我全家移民美国了。”

“没打证也算超生？”

“我姑娘给了前妻，她儿子跟了前夫。你说算不算？”

“你和小莉，哪时候办？”

“凑合过吧。”他摇摇头，“幸亏没办，不然，儿子莫想落户。”

“也姓马，真巧。”

“真他妈巧。大部村一半人姓马。那天，我和小莉跑去找他。他住一座土基房，家里乱得不像话。他拎着酒瓶，歪靠着墙，泥巴蹭一脖子。我说马大哥，我给你5000块。他喝口酒，说好，好，给我买酒喝？小莉说，嗯，给你买酒喝。儿子跟你姓，算我们两个生的。马三说，婚都没结，生个鸡巴。小莉说，对啊，和我结婚的是他——她拉着我的——我和你没结婚，才不罚款嘛。”

这件事，马辉从没认真讲过。

“未婚生育也要罚？”

“5000。5000，20 万，你选哪个？”他望着我。都戴着泳镜，我们无法看见对方的眼睛。“后来，马三继续喝酒，说兄弟你也来一口？我们村口小卖部，老徐家的苞谷酒，好喝得要命。我接过酒瓶，灌一大口。我喝他酒，他一定高兴。他说兄弟，你让你女人生个儿子跟我姓，不亏？我说，不亏。他说，让你儿子叫我声爹，不亏？我没说话。他又笑了，嘴巴空荡荡的，牙差不多掉光了。他看起来像只破麻袋。你说，亏不亏？他笑得像条狗，身体乱晃，脑袋砰砰砸墙。你说，我听你说。我想了想，摇摇头。摇头哪样意思？他放下酒瓶，站起来，满嘴酒臭喷我脸上。奇怪的是，你想揍他，却没得胆子。你好像被吓住了。要真动起手来，我怕他？笑话。可你说不清你为哪样害怕。我操，他满嘴酒臭喷我脸上我居然吓得发抖。你说，你儿子要是叫我一声爹，你亏还是不亏？我还是摇摇头。他哈哈大笑，望着小莉，你看见你男人了？看见了？小莉站着，一动不动。马三扑通坐下来，重新靠着土基墙。”

马辉深呼吸，水波轻轻拍打两臂。

“然后，小莉掏出那沓钱。5000 元，一分不少，递过去说，你给我写个字据吧。马三又笑了，说咋写？说我收了你们的钱，心甘情愿做你儿子的爹？

还是你儿子心甘情愿叫我声爹？小莉说，你就写，今收到王小莉、马辉夫妇5000元整，其儿子落我禄劝大部村马三的户口，绝不反悔。签名，马三。就这种写？就这种写。我操，马三翻着白眼，狠狠打个酒嗝。满屋子酒气，你划根火柴就能烧起来。我操，他说。我大字不识一个。我就是个文盲。文盲。他咧着嘴巴大笑。我看看小莉，她也看看我。我们退到院子里。马三还在笑。小莉掏出纸笔，写了上面那句话。我们走进去，小莉掏出印泥，让马三按一下，再往纸上按。马三眯着眼睛，说你们逗老憨？我还没同意，你们就要我按手印？小莉说明明讲好的嘛。钱你也拿啦——她指着他怀里的5000块钱，狗日的正一张张数钱——你就按个手印。按一下，就行了。马三站起来，上下打量小莉，说你儿子要叫我爹，是吧？是。那你，叫我三声老公，我就按。我说你他妈的——马三把钱递过来，随便。随你们大小便。不干算逑。”

马辉抹一把脸。28℃温水围住我们。红白色浮标绷得笔直，射向对岸。

“事情僵住了。我看看小莉，小莉看看我。小莉一声长叹，眼泪哗哗下来了。我低下头，转身走出来。再进去的时候，哭的人是马三。他两手捧着脸，酒瓶子倒在地上，酒流了一地。一房子酒味能把你熏死。我看见字据上的红手印了，5000块还在他怀里抱着。我拽上小莉往外走。村里几条黄狗追着我们叫。我们上了车，开回昆明。一路上，都不讲话。”

“马三为哪样哭？”

“我问小莉，马三为哪样哭？”他叹口气，“他这辈子，没有一个女人叫他老公。何况，一连叫了三次。”

谁料到马三突然反悔？

“有人支招吧？一个醉鬼，还是个文盲——”

“我好话歹话全说了，说着说着，狗日的好像拎着酒瓶，抱着电话就躺地上了。我听见鼾声，打雷一样。”

“小莉咋说？”

“还能咋说。”

“马三真在昆明？”

他摇摇头。

“算啦，只给5000。”我说，“最后5000。”

“约上球队兄弟，下禄劝收拾他？”

“强龙斗不过地头蛇。再为你儿子出点血。没下次了。”

“听你的。”

马辉深呼吸，一头扎入水中，我跟上去。最后600米累得够呛，我们歇了很久。之后约战50米蛙泳，我以微弱优势胜出；他不服，再战一局，他胜了，像个孩子一样大叫大喊。决胜局相当刺激，差不多同时触壁，你无法搞清谁赢谁输，除非你用上电子计时器。我们要赖、斗嘴，谁也不服谁，却再没气力来一局了。

“亏你们两口子想得出来。”

“亏小莉想得出来。”马辉直接啐泳池里，他摘下泳镜，眼窝下出现勒痕，看起来像被谁揍了，“莫小看女人，千万莫小看女人。”

“农村户口？”

“那也是户口。”

“儿子将来叫马三一声爹，不亏？”

“不亏。”

“小莉叫他三声老公，不亏？”

“一千声，一万声，都不亏。”

我笑了。

“小莉是个好女人。”

“她好？”

“当然好。”

“杂种。我骂她杂种，光知道糟蹋老子钱，现在儿子都出来了你他妈还不省着花？她砸了门就走。我说你他妈有种再也莫回来。她说她一辈子不回来。我说滚，滚滚滚。晚上九点她滚回来了，啃着死贵的哈根达斯，哗啦掏出奶子塞儿子嘴里，问你说，吃了吗？贱女人呀。我这辈子没遇过这么贱的女人。”

我哈哈大笑。

马辉使劲摇头：“女人千万莫养家里。她会抽你的筋剥你的皮。”

“我正想把我老婆养家里。”

“你活腻啦！”

他不止一次念叨这些了。

“你晚上七八点下班回来，家里乱得像猪窝。她四仰八叉躺沙发上，电视永远开着。你问她，为哪样不做饭？她说，累。待家里还累？她说真的很累嘛。晚饭咋整，喝西北风？她说她刚要了外卖，四菜一汤。我操，盖饭不就行了？晚上你还花他妈的一百多块叫四菜一汤？”

我没吭声。

“她相中一只古奇，6800呀。她带我去金格专卖店，瞧它的眼神比看她亲妈还亲。”

“你买了？”

“傻逼才买。我说6800哪祖宗，你儿子奶粉尿布咋整？她扭头就走。”

水波涌动，我们的影子戳在水里。白炽灯光洒下来，像淡淡的轻烟。六只红色塑料椅沿墙摆放，间距很大，每只椅子孤零零的。

“我告诉她，算球啦，王小莉，反正没结婚，你随便找个男人，不比我这个开出租的强？我没钱，没本事，我除了老二能满足下你哪都满足不了你，趁早！你猜她咋说，她说，你想让你前妻带着你姑娘杀回来？她要敢进这个家，我一刀砍死她。我笑了。她说有种你试试看，你试试看。我笑得趴在床上。

她说马辉，我当不了家做不了主，哪个也莫想当家做主。哪个女的胆敢进来，我把她砍成肉酱……

“当初就不该让她进门。睡了就睡了，一脚踢走。我他妈心软哪。她白天要晚上要，早上还要，真把我干恶心了，干吐了。猴子都会干的事情你不得不干，干不好都不行，她伸出爪子抠你，抓你，哭着喊着要把你弄死，除非你老二上足发条。”

我笑得上气不接下气。

“这种干法，老猴子也能干出小猴子来——她生个儿子，她就把你攥在手心里啦。赶她走？做梦！”

灯光躺在水面，“亨利”的夜场真好，让你想起惠恩的周末野球[①]，红塔或海埂，辽阔的绿茵场迎接我们，惠恩拿下一个又一个对手，除非遭遇20岁出头的年轻人。球队的兄弟必须每周见一面，否则你会心慌的。

“这个马三，小莉哪里刨出来的？”

“大邵村就在小莉老家——六朴村下面，紧挨着。亲戚的亲戚介绍的。狗日的46岁，老光棍一条，天天喝酒。民政局扶贫送他化肥，他当天就卖了，买酒。”

“操。”

“那天我们从他家出来，我从后视镜里见他一路小跑，直奔村口小卖铺的散装苞谷酒。喝不死的

① 野球——昆明非正式比赛的业余足球队之间的约战，有裁判，提供水。

杂种。”

“我操。”

“5000，最后5000。他要再来……”他扭头望我，眼神像西站立交桥上孤寂的路灯光。小时候每次挨了教练揍，他就这眼神：凄楚绝望，又恨不能有人拉他一把；藏得很深的自尊心却时刻提醒他和帮他的人拉开距离。因此，就算我们从小就是要好的兄弟，三十年来也没法走得更近些。我记得15岁那年他借我三块零钱，半年后才还我。我说我早忘了你还个逑。他说当然要还，爷们放屁砸坑说话算话。他舒一口长气，眼里两盏小灯一下子亮了。

26岁那年，我邀他加入惠恩足球队，司职后腰，没人比得了他。我—马辉—段凡组成强大的球队中轴线。我们每个周末在海埂红塔撒野，赛后经常撇下其他人吃饭喝酒。他当然聊过小莉，我劝他算啦，都奔四了还为女人伤神？他说他后悔呀，除了胸大屁股大，他实在找不到小莉的优点——死心塌地算不算？我说人家不嫌弃你个臭开车的就谢天谢地了；人不知足，鬼都害怕。马辉摇摇头，说要不是搞出个儿子，要不是搞出个儿子，早让她收拾东西滚蛋，能滚多远滚多远。我笑了，说不管滚多远，不也乖乖滚回来？马辉一声长叹：老子的下半辈子，就毁在一个贱女人手里。

我们重新入水，哗哗的喧嚣来回激荡。你总能瞥见一个熟悉而陌生的中年男人虚胖的身体激起水花。我们在水中前进，再返回。第四趟，第五趟……少年时代的折返跑是重要的体能训练，你跑呀跑，来来回回，没完没了；似乎这种由体能、速度交替进行的单调运动决定了你，构成了你。当你完成100趟甚至更多，你仍怀疑你真的完成了。你完成不了，明天，明天的明天，新的折返跑又在等你。那时候马辉有个坏习惯：每次跑完立即脱下湿透的球衣，亮出黝黑光滑、一根根排骨清晰排列的上半身，要么瘫倒，要么靠着水泥看台，呼呼喘着，一副快死的惨相。当然啦，我的样子一定也差不离。

我非常清楚他的身板是怎么被多余的脂肪一步步干掉的。

硬邦邦的小肋骨上下起伏，像几条饿坏的狗。

我们一点点推进。800米，必须干掉它。你早就习惯了强加给身体的折磨，否则，没完成的沮丧羞愧将远远超过完成后的精疲力竭。快累死的感觉不也挺好的？还能坏到哪去？

半小时后，我们爬出泳池。淋浴，换好衣服。大厅里的姑娘在看国产连续剧，一个女地下党把一个日本宪兵撕成两半。姑娘哈哈大笑，说这都什么狗屎啊。马辉说狗屎你还看？她说你当狗屎看才有意思呢。我告诉她今晚有欧冠，姑娘笑了，知道知道，我铁杆粉丝——皇马必胜。我笑了，说马辉你看看，遍地皇马球迷。马辉满脸不屑，似乎姑娘只是个打酱油的C罗爱好者，不料她头头是道：瓜迪奥拉脑子进水啦，居然把上赛季最猛的马丁内斯按在替补席上；罗贝里双煞的速度优势也废了。还是皇马靠谱，攻守平衡，再说了，C罗刚拿了世界足球先生，见谁灭谁。

“听见了？”我看着马辉。

“你懂足球？”他盯着姑娘，“你一个看场子的懂哪样足球？你踢过球？你认得瓜迪奥拉为哪样不上马丁内斯？他凭哪样要上马丁内斯？看点《体坛周报》就懂球了？扯淡。”

姑娘吓坏啦，呆呆望着马辉。我一把拖着他往外走，说你他妈有病啊人家没招你惹你支持皇马怎么啦我还支持皇马呢你跟一个美女撒哪样气……我冲姑娘使劲道歉。她摇摇头，一脸苦笑。

马辉来到车前才缓过神。他挠挠脖颈，问我去哪，我说老云纺凉拌狗肉啊。他低下头。行，我请啊，我请。我们各自驾车，一前一后前往老云纺狗肉摊。这个老昆明熟知的消夜码头偏僻荒凉，露天小摊子乱糟糟的，食客沿街落座，密集的灯火浓烟裹住大声武气猜拳行令的男人女人；到处是烤狗排的浓香。我们挑地方坐下。真饿了，三两凉拌六根肋条两只狗爪还嫌不够，又要了烧豆腐、烤韭菜、罗非鱼。不敢碰酒，闷头狠吃。

他突然说，他不想回家。

“儿子都搞出来了。好好过日子。”我说。

他一声不吭。

“你选的，你生的。”

“狗日的。”

肋条真他妈香。

“皇马绝对拿下拜仁。就像五年前惠恩拿下佳美。”

马辉纠正说五年前惠恩并未拿下，所以皇马也休想拿下。

那真是惠恩十年来的经典之战——两度领先，佳美两度扳平，很快3：2反超。最后一分钟，马辉左路传球，我在禁区内接球过掉后卫破门。3:3，惠恩拿走1分，跻身红塔擂台赛八强。

“你传的球。是你传的球！”

“多牛逼的左脚弧线球。你狗日的舒舒服服，简直像洗桑拿一样。”

“多牛逼的过人，左脚推射死角。”

“关键还是传球，惠恩史上最佳助攻。”

“操，我同意。”

“你说球场上我们怕过哪个？你，我，惠恩，怕过哪个？”

“没哪样好怕。一个小莉，一个马三，没哪样好怕。”

“我不怕小莉，更不怕马三。拜仁哪个时候怕过皇马？”

“亨利的姑娘说得有理，瓜迪奥拉玩砸了。巴萨有梅西有哈维，拜仁没有，也不需要。拜仁就是拜仁。德意志拜仁。”

“皇马呢？C罗永远长不大，光知道单干蛮干，你他妈的有时候真像他。所以，只要看死C罗——”

“走着瞧。”

“哪个输哪个请。”

“行。”

“狗排，凉拌，狗爪。”

“行。”

他将狗爪啃得干干净净。夜深了，老云纺街头渐渐散场，有人跑到对面呕吐。嗓门越大，我吃得越欢。

“儿子呢？”

“禄劝六朴，她妈领着，就等落户呢。我和小莉中间少个娃娃，刀子对斧子。”

“人家死心塌地。”

“我认认真真告诉她，以你现在的长相，现在的奶子，还能找个有钱的，多好？她还是那句话：你有儿子了还想前妻？马辉你给我记着，我死也死在你床上。唉，她有病吧？你说她是不是有病？”

“是有病。”

马辉嘿嘿傻笑。

“留两根。”

“打包？”

“小莉爱吃。”

“她吃狗肉？”

“吃！她属狗，照吃！我吃哪样，她吃哪样。你就是弄条狗鞭她也敢吃。”

“我真要了。”

马辉继续傻笑，取了快餐盒塑料袋，小心装好，之后主动结账。我们在街口道别。我发动汽车，望着他薄荷绿的出租车远远开走。我拧开收音机，FM102.8 正播放新闻，说某某因为欠了某某 700 块钱就把对方砍死了，这样一来，他再也不用还债啦。我摇摇头。这把年纪，我越过越糊涂。马辉开得很慢，似乎在等我跟上去。几分钟后，他沿环西桥路口右拐，不见了。我等待绿灯。你能听见发动机的声音。一只塑料袋贴着街角飞舞，怎么也蹿不起来，最终跌入黑暗，消失了。

眼前晃动着香喷喷的狗排——马辉光着膀子，双手向后撑住，又瘦又黑的肋条骨闪闪发亮。我真不知道干吗想起这个。

我点一支烟，狠狠吸进肺里。

现在我们说一说马辉。下面的故事是他后来告诉我的，我决定一五一十写出来，不做任何删改。我还得提醒你那天夜里皇马一球拿下拜仁，我赢了。卫冕冠军止步半决赛，算是本赛季一大冷门。足球场上的意外，一点不比现实中的意外更少。但马辉一直没约我去老云纺的狗肉摊——对于这个小小的意外，我一点也不意外。

那天夜里，他一路开回江岸北区。盘龙江黑如幕布，躺在南北两区之间，你老远就能听见淙淙水声，星光灯光洒在江上。夜晚的江边公园亮如白昼，跳健身操、交谊舞的大姐大妈外来务工者密密麻麻。劲爆的音乐让车窗玻璃微微发颤。他骂着，往窗外啐痰。必须小心驾驶，以免撞上突然横穿街道的农民工——这些家伙跑得飞快，像受惊的兔子蹿过车头。他使劲按喇叭，诅咒他们都该扔江里喂鱼。十一点啦！白天你是看不见他们的，直到深夜，人群忽然从隐秘的住处拥上街头。他好容易蹚过去，驶入江岸北区。还没到小区大门，老远看见小超市的老黄坐在门前椅子上，勾着背，抱着手，店内的灯光从身后洒过来。

马辉紧贴人行道停下，熄了火，走向他。

“还不关门？”

“等我婆娘。还在江边跳《小苹果》。唉，认不得累。”

他笑了：“老夫老妻，还等？今晚欧冠决赛，两小时后开打。”

“皇马没戏。”老黄站起来，掏出红河递给他，为他点火。

“哈，你也是拜仁粉丝。”

“哪个踢得好，我就支持哪个。上赛季拜仁多好，我一看，肯定拿冠军嘛。后来果然拿了冠军。这个赛季，照样好。”

小超市少说开了二十年。50 岁上下的老黄干瘪瘦小，他婆娘也差不多 50 岁了，长得白白胖胖。两口子身材反差极大。他从没见过他们的孩子。他不太好意思问。就算问了，老黄也未必会说。

“赌一把？”

“随便。”

“一条红河？”

“行。”

他问老黄，见没见小莉回来。老黄摸了摸脸：“我一直坐里面呢，没注意。”

“今晚看吗？”

“太晚啦，吵我婆娘睡觉。明天看录像算逑。”

他刚要走，老黄说来过一个浑身酒臭的家伙，用他柜台上的电话打了小莉手机。

“他说，他跟你们两口子很熟。”

马辉转身上车，驶入小区，停好，顺漆黑的楼道上六楼。游泳加消夜，现在有点喘了。

进门后，什么东西不太对劲。是的，快餐盒里的狗排香味也没法掩盖那股子气味——烟味汗味酒味。相当浓的酒味。客厅里有，卧室里也有。他站着，盯着空荡荡的床。玫红色床单整整齐齐，绿方格子枕巾一尘不染。他明白了。这种事情不需要太多想象力。小莉一直关机。他直奔楼下，脚步声大得惊人。他冲出大门，左手，椅子空了，店门也关了。老黄不在。

远处，聚集在江边跳舞的打工者和中老年人还未散去。他奔向他们。没有小莉。他返回江边，高大的桉树沿岸耸立，阴影截住光线。他喊了几嗓子，声音被江水抹掉，没有一丝余响。

返回小区差不多十二点了，老黄的店门仍紧紧关着。他想敲门。算了，老两口肯定睡了，再说，又能从他嘴巴里掏出什么呢？他转身回家，经过暗香浓烈的缅桂花丛，蹚过流浪狗留下的黑色屎尿，还没抵达单元门口就看见她了——就在那里，站在一小片暖黄色的灯光下，孤孤单单的表情就像丢了钥匙的孩子。

“去哪了？”他说。

她一声不吭。

他凑近她。

“你去哪了？”他说。

她还是不吭声。

“我问你话。”

“买东西。”她说。

他一把扯下她的背包。带子噼啪断了。红蓝色的线头摊在手里。

不是古奇。

他扔在地上。粉色亚光背包，丑陋，低劣，猥琐。

他的心怦怦跳。他后来形容那种感觉就像你输了一场关键比赛，而且惨遭逆转。他想揍她，往死里揍。可与生俱来的傲慢又回来了，犹如赤条条一头扎入泳池，浑身上下的血骤然冰冷。

“为哪样买？”

她捡起它。

“多少钱？”

“便宜货。”她说。

“真的？”

“是。”

“回家再说。”

“我不想——”

“走。先回家。今晚，拜仁对皇马。”

“我妈说，下星期送儿子回来。落户就这两天。”

“好。”

“先回家？”她说。

“对。”

“然后呢？”

他呆站着，像站在亨利游泳馆的透明水底。外面的歌舞和喧闹还没消停，听上去像盛大的篝火晚会。他还听见有人往江里扔了什么东西，扑通巨响。没准，是浑身酒臭的马三一头栽进盘龙江。没准。

“先回去，”他说。“我给你带了狗排。”

家就在六楼，窗口亮着灯。

羞耻

“你守个鸡巴。你去卖烧豆腐，烤洋芋算逑。你丢惠恩的脸，丢全昆明守门员的脸！”

“我操。”

“你是全昆明最烂的守门员。”

“我操！”

“收东西，滚。”

彭翔才不滚呢，否则我就开瓶香槟欢送他。他嬉皮笑脸，黑手套还未取下，上面沾着草茎和泥。

桂子大声招呼：“走走走，喝酒。杀手李就这鸡巴脾气。让他骂。骂累了就不骂了。你当耳边风。”

本场野球，彭翔连续犯下低级失误：脱手、穿裆、慢半拍，被对手洞穿四次。你拯救门将的唯一办法只能是扳平或超出比分。我们拼上老命，总算追至4平。我骂他，诅咒他，什么恶毒我说什么，我知道他皮糙肉厚快赶上挂名教头本杰了。这种人你必须用锥子扎，刀子捅。手枪顶他脑袋也白搭，除非你扣动扳机。这半年，彭翔一场不如一场。谁不记得当初他来惠恩的时候多生猛，一米八零的大块头如鱼雷般扑下单刀、化解爆射，像无所不能的圣卡西帮助球队拿下红塔擂台赛季军。惠恩的大门，他守了十年。如今，我想揪他耳朵大喊：狗日的，醒醒！

她看起来也就30岁出头，不会太老，当然也不算年轻。你隔着落地玻璃窗就能瞧出她的年龄。乳白色衬衫、黑短裙，马尾辫，笑的时候露出淡黑的牙；你似乎在某部老电影里见过可你偏偏想不起来。再仔细些，你会发现她消瘦的身体暗含悲伤，可你没法获悉这悲伤的源头。她就坐在玻璃墙后面的红沙发上，面前放着咖啡，他想象她竖起食指和中指吸烟，实际情况是无烟可吸，这是禁止吸烟的奥迪4S店。她长时间凝视（至少看起来如此）外面的滇池路，他不知道她是否早看见他了。他穿过公路，凑近展厅仔细打量。她真不年轻了：额头有明显皱纹，嘴角也有，下巴上还有黑痣。但臀部宽阔性感，将黑色短裙绷出一道闪电。在她身后，几辆银色奥迪车寒光四射，与她冷淡的气质恰恰吻合；你无法弄清究竟是奥迪车的气息感染了她还是相反。他想推开玻璃门走进去，走到她对面，坐下来。可他连迈步的勇气都没有。好几次，他的指尖差不多触到玻璃门了，又悄悄缩回来。每次都有一个更年轻的姑娘或小伙跑向他，急着拽开玻璃门的眼神满含歉疚，似乎怠慢了一位大客户。他赶紧走开，把姑娘小伙尴尬撂下。他低着头，走得飞快。有些懊恼，也相当难堪。

他提前了半小时，笑嘻嘻和每一个人打招呼，好像全忘了上周被我一通臭骂。我阴着脸，冲他抬抬下巴。

“狗日的，笑一个。”他说。

“笑你姥姥。”我笑了。他掏出红河印象散了一圈，之后穿好行头，绕场慢跑。

“换门将？”本杰说。

“随便。”段凡说。

“换吧，水阳上。”我说。

“算啦，算啦。”水阳说。“越骂，他越慌。他这里出了问题。”水阳指一指胸口。“前锋三场不进球会慌的，守门员，一个屌样。”

红塔四号场空荡荡的，远离大部队的彭翔像只孤零零的球鞋。我当然知道连续三场甚至更多场不进球的滋味，你的自信心像酒精一样挥发，莫名的仇恨悄悄取代了它。因此我每场玩命进球，很难容忍门将出现低级失误；这对前锋来说，是灾难，更是羞辱。

他跑回来了，像落水狗一样低垂脑袋，把大地踩得砰砰响。他要是带着这副怂样上场还会丢球的。他最该干的就是忘掉比赛，忘掉失误，忘掉我这个凶神恶煞的大杂种，像玩儿似的奔赴球门。

慢跑结束，他耷拉着舌头呼呼喘气。我挑一个足球带向大禁区，吆喝他在球门线上站好。我抬脚射门，他还是没状态，皮球贴着手心往里蹿；就算抱得稳稳的，他还是垂着脑袋，谢顶的额角亮出白花花的皮。我越来越狠，刚开始半高球，后来低平球，最后拉圆了正脚背猛射。他像木桩一样呆站着，连起码的判断都没有。皮球唰唰掀动球网的声音响彻球场。

“狗日的，飞出去啊！”

“你他妈能不能撒丫子移动！”

……

我很快放弃了，索性带球离开，把他一个人扔在门里，让脏兮兮的球网陪伴他。

这场野球的对手比上周那支差远了，我们很快三球领先；上半场结束，彭翔开始和桂子、小宝嘻嘻哈哈。他走向我，故意问我两个单刀球怎么没把握住？我说就他妈的没把握住嘛。我竖起两根中指：“两个，已经打进两个，你还不满意？”

“满意，相当满意。下半场我扑它几个必进球。”

“大禁区都进不来。一帮傻逼。”

“小9号不错。”

“一塌糊涂。”

彭翔一脸憨笑。看得出来，这种比赛他等了很久。

下半场风云突变，几个上半场没露面的陌生小子上来了，像斜刺里杀出程咬金，趁我们立足未稳连下两城。这两个球打得彭翔毫无办法：一脚低射、一脚吊门。几个小子明显练过，他们很快控制了中场。我高声喝骂，让队友们打起精神。十五分钟后，小孙接我的直塞球再下一城，暂时浇灭了小子们的嚣张气焰。可对手够狠，二十分钟内连扳两球。又他妈 4 ∶ 4。不过，还有时间，还能再进球，一个，甚至两个。不会像上周那样灰溜溜平局收场的。我们猛烈狂攻，对手玩命反扑，最后十分钟真是惊心动魄。我咬着牙一次次突击，却迟迟不能进球。

是的，你猜对了，彭翔最后关头出现重大失误：对手角球，一个伐木工人般的大家伙傻乎乎站着，皮球砸中他脑袋飞入空门。彭翔本该钉在球门线上，却冲到了大禁区前沿。

“我操你妈！”

彭翔举起右手。什么意思？道歉？让我闭嘴？

本杰在场下叫喊：“还有时间，扳回来！”

突然降临的大暴雨让他考虑是否进去。现在她没坐在窗前沙发位置，而是站在柜台后面写什么东西。沙发空着，披着一小段波光。就算她没坐那里仍有她的影子，将空白处填满。一个穿相同制服的姑娘小跑着来了，步子轻快，带着他早就熟悉的歉意，在他还没拿定主意之前拽开玻璃门。外面雨水太大且雷声滚滚，敞开的展厅瞬时洒下强光。再没退路了。姑娘笑容可掬，请进，雨多大啊。他走进来了。里面真大，比他想象的还大。奥迪车体型娇小，与弥散着苦咖啡味的空间不成比例。随便看，需要我做什么吗？喝咖啡还是茶？他摇摇头，不知如何回答，似乎担心浑身汗臭把这个画着眼影的漂亮姑娘熏跑。姑娘又问一遍：咖啡，还是茶？就像此处不是汽车专卖店而是别的什么咖啡吧。他只好下意识地说，茶，我要茶。姑娘小跑着去了。他走向窗前空位。水花拧成层层雨浪紧贴落地玻璃窗往下淌。他在她经常坐着的位置小心坐下来。他的心咚咚跳，像头一回跑去女生宿舍坐人家床头。从这里能清楚看见外面，大雨中的滇池路，手指一样慌乱的野棕榈，车轮下飞溅的蓝色水花。没有行人。乌云暗暗滚动，酝酿一场更凶残的大暴雨。昆明很久没下过这么大的雨了。一串脚步声从身后传来，噼啪噼啪的节拍精准锋利，像久违的雨点敲打他。到身后了，脚步没停，径直走到他对面。是她。就是她。她似乎好奇有人坐了她的位置。他站起来，手忙脚乱。她笑了，淡黑的牙清晰可见。说你坐啊，请坐。先生来看车吗？

狗日的，狗日的，狗日的。

你再也找不到别的脏话骂他。最后三分钟，你拼上老命也没用了，眼睁睁看着到手的鸭子飞走。

是的，对手惊天大逆转。你就算把这蠢货骂死也是瞎子点灯白费蜡。草皮的呛味、冷味直透心脏。我不喜欢输球，从不喜欢。输球总有原因，没有任何原因比你犯下低级失误更恶心的了，那感觉就像你老婆口口声声说爱你转身就给你戴了绿帽子。彭翔缓缓走来，没脱手套，也没换下门将服。

“兄弟们，怨我。”

没人说话。

“下一场，要是再出现低级失误，我就……”

“跳楼？”

“退队。”

来狠的？

本杰、小蒋骂他狼心狗肺，十年的兄弟白做了？我低头收拾东西，大步往外走。

“操，我错了。不管哪个，想骂就骂！”

我转过身。他眼巴巴望着我。

“老子懒得骂。”

他小丑似的笑了：“狗日的，你不骂，我退队算逑。”

“爱退不退。”

彭翔那点可怜的笑容像退潮的海水一寸寸后撤。认识十年以来我还从没见他这副死相。我说得真狠，狠得没了余地。我他妈就是该死的大杂种。我才是那个最该退队的杂种。兄弟们凑上来，七嘴八舌地说每周聚在一起不容易，水平有高低，胜负在其次嘛；莫听杀手李的屁话，谁都可能发挥失常，女人每个月还有三五天哩……

他冷冷开了口："还真以为自己牛逼？牛逼咋不去皇马巴萨？"

我一阵冷笑，望着他中年妇女般白白胖胖的脸："怂货！"

他扑向我。大伙死死拽住。我说你们放开他，放开。兄弟们搡开我俩。彭翔一屁股坐上替补席，攥着手套大声说，"我——操——你——大——爷——的！"这下全安静了。我们呆呆坐着。球场绿得晃眼，乌云深处传来阵阵闷雷。秋天的昆明动不动就下雨。一场秋雨一场凉，但秋末冬初的昆明艳阳高照，每周保证让你在红塔或者海埂舒舒服服踢一场，让你带着餍足的身心回家，看电视，喝酒，操女人。此时彭翔的咒骂在球场上空飘荡，听起来像驴叫，一点也不像一米八零的大块头发出来的。不知谁先笑出来，桂子，小蒋，小宝，本杰，全笑了。我也笑了，我们像被看不见的疯子挠了痒痒，简直无法停下。我走向彭翔，拍拍他脑袋。他咬牙切齿抬手握了握我的。兄弟们继续大笑，那感觉就像三年前为我闹房一样。

她坐下来，面对大雨和粼粼波光，额头闪闪发亮。展厅里有人试车，将其中一辆开走，滑向宽阔的滇池路。他唠唠叨叨问她一些愚蠢的问题，比如挡位啦，百公里提速啦。那个姑娘终于端来咖啡——注意，不是茶，她说茶没啦，只有咖啡，问他介意吗，他说当然不介意，喝什么都行。他回头望一眼冷冰冰的奥迪车，它们排成一溜，像五颗银色子弹。其中一辆开走之后留下一个缺口，像拔掉的牙。展厅人来人往，背景音乐是他不熟悉的英文歌。他突然意识到自己是过时的老家伙了。他喝着咖啡，差不多一口见底。雨水漫过落地玻璃窗，野棕榈继续摇晃。他突然意识到这一切都不真实，你很难确定是否在梦中发生或它本身就是个梦。他发现她的手小小的，手腕修长，似乎与她脸上被加深而非相反的皱纹彼此呼应。她说我认得你，你就在街对面站台等车。刚开始我以为你真等车哪，后来发现7路车来了你也没上去。好几次，好几次了吧，你差点走进来。说说你的想法。我的想法？你是干什么的？要买我们奥迪车还是？我哪买得起。我就是，在红塔踢了球，路过……那你请我吃饭？他张口结舌。放心，吃你一顿饭不会强迫你买我的奥迪。她笑了，很久没吃火锅了。重庆老码头火锅？就在滇池路口，我们打车去？她抬腕看表。下班还有半小时，你就坐这里等我？好的。好，好。他被突如其来的邀约搞蒙了。她起身，叮嘱他务必等她，她干完手里的活就走。她有伞，很大的伞，不必担心。她袅袅婷婷走向柜台。他继续盯着窗外，雨水似乎小了，能听到落地玻璃顶部的劈啪声，仿佛岩间溪流。对面公交站台上的六个人被7路车带走。人越来越少。7路车开动时用力耸一下脑袋，像骆驼似的挣扎、叹息，艰难敞开车门。昆明阴雨的天空黑如伤口。窗前院子里铺着大大小小的白石头，在雨水中暗淡发亮。他静静等待。空气里有雨水味和苦咖啡味，不知来自面前的杯子还是辽阔的身后。

新的周末，彭翔接连扑出三个必进球。你又瞧见当年的彭翔了。那个充满自信的愣头青，那个跑来惠恩要求守门的湖南仔，那个张开双臂贴地狂飞的卡西二号。当年我们拿到红塔足球擂台赛第三，彭翔居功至伟，真真抵得上半支球队哪。天知道这半年来他是怎么混的——谁都不清楚，无外乎工作不顺，没多少钱，也没个女人（换来换去），每晚必喝一瓶大麦酒。十年时间，谁都可能变成另外一个人。我觉得他的自信心是被走低的足球热忱一点点磨光的。我见识过无数的老家伙就这么离开球场。换句话说，他要是放下足球专心干他该干的也许更好，坚持留下的人从没意识到或者坚决不承认他们再也回不去啦。

终于，2:1拿下比赛。

“狗日的，牛逼。”本杰咧着大嘴拍打他。

“我操，有史以来最佳彭翔。”

“立马转会恒大！”

彭翔笑嘻嘻的，拎着手套啪啪敲击大腿。

我们点上烟，问他来不来一根，他摆摆手，说酒都戒啦，晚上睡得像死人。

“狗日的，说说吧，说说。”我看着他。

彭翔脱下球鞋。又臭又白的脚丫子像一截褪了毛的肥膘：“说什么？”

“你说说什么？”

“我操，还要来个全场 VIP 感言？”

“快说，莫像个婆娘一样扭扭捏捏。”

“没什么好说的。”

“不说？不说你狗日的下周不准上场。”

他呵呵傻笑，盯着那双阿迪球鞋。白色的，13 颗钉，旧得像破布，早该换新的了。

“嗯，她就在滇池路一家奥迪 4S 店。33，还是 35，也可能 40。我没问过。”

“狗日的。”

“就这些。”

“下周带来过过目。”

“她不喜欢那么多人……我是说，一次见这么多兄弟……”

“真的？！”

“好，好，我试试看。”

彭翔踩着夕阳道别。我见他走出老远仍一脸傻笑。狗日的，一个女人就能把世界翻转过来。惠恩的典型案例还少吗？

他差不多每周必来。进门后直奔那只红色沙发，早已认识的销售人员不再搭理他。音乐不是林肯PARK就是艾薇儿、席琳迪翁。也没人给他端咖啡了，他就跑到休息区自己动手，小心端着它走回去，回到落地玻璃窗前面，陷入沙发。她总是很忙，像一个完全陌生的女人在展厅里来回跑，要么抱一堆东西，要么带人参观汽车。她在所有女员工当中差不多是最老的，而且胸部扁平。他仔细望着她逆光的肩膀，像柴一样瘦。她忙完之后溜到他身边，警告他说下次别那么早来，下班还早哪。此后两周他就待在玻璃墙外等着，直到她下了班走出大门。有时他们就近找个小餐馆吃点东西，趁着夜色返回。展厅里黑咕隆咚，她一一打开灯，光线洒在落地玻璃上，像泡在水里的鱼鳞，这样一来你就看不清外面的滇池路了，外面的人却看得见他们；然而此时的滇池路还有多少行人？他对那些奥迪轿车已相当熟悉，她一一打开车门让他坐进去。他拨弄着仪表盘、按键、开关，把它们全部发动，六辆奥迪车整齐的马达声制造着迷幻的深度感。她冷不丁在车内吻他的嘴，带着冷冰冰的咖啡味。之后她踮着脚尖跑去一一关了灯，他们陷入黑暗，滇池路上水银色的路灯光洒下来，把那只红沙发埋在下面。没有更进一步的举动。没有。好像谁都不着急，也不乐意。有相当长的时间他们回到沙发上坐着，滇池路上的汽车声很响，车头大灯切开黑暗，切开路基，切开别的车，把它们混为一体。她在黑暗中泡一杯咖啡，走回来，在偶尔划过的灯光中慢慢喝它。他们彼此打量着玻璃墙上的影子——一片模糊，像被橡皮擦过，有些变形，又十分精确，像另外的一个，英俊不凡、年轻优美。有时她干脆在沙发上睡着了。他默默等着，再把她唤醒，送她出门坐上出租车。车灯强烈刺眼，车轮尖叫着冲上滇池路，坠入灯光和黑暗的交错之地，强行带走她，就像突然隐匿于落地玻璃之中或从没出现一样。

彭翔连续三周表现稳定，传说中的奥迪女人一次也没来。我们追问了三个星期三场球，他傻笑着一笔带过。在我的想象中，这女人挺拔优雅，像不锈钢做的；白加黑的职业套裙和绿油油的球场格格不入。要命的是，请注意（在我的想象中），她掏出一副墨镜戴上，直到比赛结束才摘下来。彭翔笑得像头猪。他们手挽手走出红塔 4 号场。她修长的美腿让我们这帮老家伙心惊肉跳。

第五周，彭翔的表现突然一落千丈，被实力相当一般的对手一气攻陷 5 个。我意识到我们全错了——关于信心、坚持之类的屁话。37 岁的彭翔或者需要它们，或者再也不需要了。他蔫头耷脑下场，手套撂在脚下。他竭力笑出来，问我们附近哪有好吃的他请客。没人接茬。

我已经不想骂他了。

“对不起，兄弟们，对不起——”

又来了！

“那骚娘们花光了你的钱一脚把你踹了？”

“狗日的，你居然把希望寄托在女人身上？”

“你说，你好好说，兄弟们不会不管。”

“没感觉。就是没感觉。”他说，“你们都看见了，那些球，那些鸡巴进球——”

球场上空，一团灰色的云像火车一样狂奔。

“老李，你有没有碰过这种问题：明明感觉来了，又突然跑了？像匹马一样跑了？”

“当然有。”我说，“但你不能怕。你必须，迎着刺刀上。”

“迎着刺刀上？”

“对。”

他一面嬉皮笑脸，一面深深叹气。

下一个周末，彭翔毫无起色。现在我相信那把刺刀非但没有消失，反而更锋利了——连起码的低平球、半高球都守不住，似乎一夜之间武功尽失。任何人都不再骂他。有什么东西，头发丝一样的小东西，突然断了。十年前的彭翔多棒啊，那个生龙活虎的湖南仔大叫大吼，能把对方前锋吓出尿来。现在他却把脑袋插在裤裆里，期待被骂，被诅咒。可我们集体沉默，把湿透的球衣剥下，扔在草皮上。

“对不起。”他说。连个笑脸都没了。

我低下脑袋。

“说吧，你说，我们洗耳恭听。”桂子说。

“说什么？”

“狗日的！”

彭翔摇头。

“说吧，如果还当我们是兄弟，你就痛痛快快说。”

他踩住中线，走向罚球弧，又走回来。

我们等着。

“跟我走一趟吧。”他终于说，“有个男人，有个傻逼男人……”

“男人？”

“我操，还得了！”

我们收东西直奔丰宁，在迷宫般的小区绕了两个多钟头仍一无所获——彭翔居然搞不清楚奥迪女人住哪栋，哪个单元，几号门。我们只能询问小区保安、看大门的、看上去可能认识她的男人女人。最后我们集体待在车里抽烟，望着外面。几条大狗被瘦小的孩子强行拖出来；一伙大妈抬出设备，占领了小区广场。我回过头，彭翔叉腰站在门口，一身行头还没换下，又高又大的身板竟驼了不少。老迈的丰宁小区藏在一大片夹竹桃深处，20 世纪 90 年代修建的楼房已经出现大面积青苔和黑斑，像个糟老头子躺在眼花缭乱的新楼中间。你很难想象，那个或许喜欢戴墨镜并且推销奥迪车的优雅女人住这么个地方。更难想象的是，彭翔从没来过她的家。

大伙差不多抽完两包烟，直到天黑透了才动身前往白马小区喝酒。我们帮助彭翔从头梳理他的爱情故事——我们告诉他说你狗日的上当了，这种女人满大街都是你他妈何必呢？忘掉她吧，彻底忘掉。

兄弟们依次和彭翔碰杯，说他最近的状态好极了，不需要女人撑腰嘛。他点着头，说我状态真的很好吗真的吗？然后拼命回答我们的轮番拷问却始终说不明白。他很快就醉了，小蒋开车送他回家。他带回彭翔的一句话：下周末不来了，他请一个长假。

他穿过马路来到玻璃窗下时并未看到她。她没出现在固定位置。六辆奥迪发出轻飘飘的银光，车前脸上的郁闷之感表明它们并不开心，仿佛遭到人类永久禁锢。他找了个遍都没发现她，索性推门进去。那些腋窝下夹着小本子、圆珠笔的男男女女成了熟悉的陌生人，目光一扫而过，连一秒钟都不给他。他问他们，她去哪了？没人清楚。一个小子板着脸说她差不多一星期没上班啦，你最好问问主管。他去往展厅后面的办公室，主管的答复差不离：没她消息。似乎请假了，似乎没有。不能确定。你找不到她？漂亮的女主管说，那就别找了。很多人就这样，当你不再找他的时候他就自动出现啦。他折回展厅，LED屏在播放西甲，内马尔一粒刁钻的低射打得守门员愁眉苦脸。他摇摇头。空气里涌动着冷咖啡味。阳光刺透玻璃窗，他熟悉的沙发就在那里，远远看去没有体积，缺乏重量，如轻飘飘的变形之物。他转身出来，站在玻璃门外。展厅里有人发动汽车，从后门开出去，碾过小石子的哗哗声十分清晰；LED 上的球赛渐渐看不真切。他想弄清楚这是现实还是梦境。他静静等着，直到下班。那个瘦瘦的小子离开之前瞟他一眼，满脸讥诮；之后是他见过或没见过的员工们，冷漠的表情如出一辙；最后是漂亮的女主管，她锁了门，灭了灯，四周一片昏暗。她经过他时礼貌地笑着，说别等啦，她今天不可能出现啦。你打过她电话？找过她？要不，我有她消息就通知你？他摇摇头，谢了她的好意。她摇晃着钥匙，那我走啦，抱歉，没帮上你。你也走吧，不然保安会找你麻烦的，会以为你想偷我们奥迪车。她继续笑着，他笑不出来。你是她朋友？是。算是。干我们这行流动性相当大，很多人来了，又走了。她三十六七岁了吧？这年纪的女人，通常——对，我差不多和她同龄——通常，你搞不懂她们脑子里琢磨什么。别等了。我没等。他扭过头，红沙发就在那里，藏在阴影里，像冰冷的尸首。玻璃上自己的影子朦胧疏离。我待一会。待一会，我就走。

彭翔缺战三周，没人知道他去哪儿了。

水阳临时守门，你不能说他的表现比彭翔更好，但也不比彭翔更烂。我们连续三场拿下对手，看起来大伙高兴坏了，可你总觉得少了什么。是的，少了那个高高大大的一号守门员。就算彭翔是个渐渐腐烂的老家伙，毕竟和我们并肩拿过擂台赛第三哪。他早就是惠恩的一分子。

奇怪的是，没有一个人真正了解他。

“狗日的好像跳槽了，一家保险公司。”小蒋说。

“不是保险公司，是地产公司。”桂子说。

“妈的，是会计公司。他是老会计了。当年从湖南跑来昆明干的就是会计。”本杰说。

这提醒了大伙。当年他从湖南岳阳来到昆明的确干过会计，此后似乎干过别的，似乎没有。没人说得清。我还记得他那辆小奥拓换成夏利，之后又卖掉夏利换成了电动车。再之后，他索性坐公交或骑一辆二手变速车杀奔海埂红塔。大伙隐约知道他住西站鱼翅路，但具体哪里，无人去过。大伙还隐约知道这个湖南仔没有昆明亲戚，大概也没什么知心好友。最新说法来自小宝，称彭翔最早跑来昆明是因为女朋友跳楼自杀。为什么跳楼？为什么是昆明不是长沙？小宝说，大概，女的是昆明人，为他跳的楼。为什么非跳不可？那就没人知道啦。这些蠢话我一概不信，否则他哪会换了那么多女人？我亲眼所见就超过四个，很快无疾而终。他的回答是时间一长，就腻了，操女人哪有踢球过瘾。如果小宝所说都是真话，他就不至于摊上一个卖汽车的。我宁可相信这厮大学毕业混了两年就跑到昆明闯天下，履历像空头支票一样苍白。

第四周，他来了。

他像从前一样拎着蓝色安踏包，低着脑袋，吭哧吭哧走过来，似乎要把红塔草坪踩出大坑。我们盯着他，像打量一个鬼魂。其实大老远就看见他了——居然剃了光头，像本杰那样的大光头，在太阳下闪闪发亮。

“狗日的，还认得回来。”本杰说。

“我差点报警。”桂子说。

“狗日的，狗日的！”小宝说。

彭翔嬉皮笑脸：“回了一趟老家。他妈的，发大水，我半道上跑回来了。”

他不太对劲。

“脸怎么了，还有脑袋——我操，缝针了？”

他颧骨和脑门都有伤。

“狗日的，问你话呢。”

我们向他聚拢，像研究出土文物一样细数他脸上、脑袋上深深浅浅的疤。

“说，你说，不说个明白莫想上场。”

“说！兄弟们为你撑腰。”

彭翔戴上手套，扭动脖子，甩甩肩。两只眼睛眯起来。这颗圆溜溜的光头让他相当陌生。他似乎把什么东西和头发一起扔掉了。

我们等着。

“那个女的？”

他迟迟不吭声。

“我操。要么说，要么滚。”

他盯着黑手套，上面的口子比鸡蛋还大。

“男的。”他说，“那个男的，她老公。”

“老公？”

“是。”

“我操！”

“我想走。”他眯着眼睛说，“要么湖南，要么海南。”

“狗日的，十年昆明硬是养不下你这条湖南野狗。”

“昆明，我也舍不得昆明。操，一年四季的海埂红塔啊。”

“找他去？”

“我想找个有山有水的地方，像条狗一样待着。行吗？”

“找他去？！”

他轻轻摇头：“算啦，算啦。”

我们久久没有说话。你能听见风拂过草地，点水雀绕着场子疾飞。天边的白云聚集又散开。对手全到齐了，穿一身巴西队黄白球衫，三三两两拥上球场。彭翔抬头喊了一嗓子，带着神秘莫测的微笑大步走向球门。

那场球他表现完美，之后又没了消息。这回长达半年，谁也联系不上他。半年后我们恼羞成怒——

你不珍惜兄弟，我们何必珍惜你？嘴上这么说，谁都撇不下这个湖南大家伙，谁都忘不了这十年间他吓退了多少前锋，谁都忘不了他嘻嘻哈哈开玩笑、发烟抽、拎着行头走出红塔的屌样。我深信他必将回来。十年了，没有一个兄弟真正离开惠恩，没有一个人。我们一个星期一个星期等下去，抱着某种信念等下去。他一旦归队，我将头一个冲上去踹他屁股，让他请兄弟们喝酒。用他所有的钱，喝酒。

他准时来了。她迟迟不见踪影。身后滇池路的喧嚣或高或低，人们穿过玻璃门进进出出。白衬衫黑短裙包裹的姑娘们看起来一模一样。门前院子里白茫茫一片，像撒了盐。他的脚来回碾压石子，之后像主罚角球似的踢向玻璃墙，发出清脆响声，但这声音被寂静迅速抹掉。夕阳西下，大风开始奔走。他看着展厅里三辆奥迪车向外驶出，绕过后院直奔前院，碾过身边的石子开上滇池路，天黑之前逐一开回，小心翼翼驶入展厅停好。从车上下来的试驾者带着复杂的表情悻悻离开，似乎这车本该属于他们。红沙发就在那里。一个陌生男人——一个试车的家伙坐上去了，动作夸张，岔开两腿，露出形状可辨的硕大阴部。之后男人起身，出门走向院子里一辆老款桑塔纳。经过他时，男人看了看他。他突然说，好开吗？男人站住了。什么？奥迪，好开吗？当然。男人撇撇嘴。我操，那感觉就像操一个漂亮女人。男人凑到他面前，他居然闻到淡淡的啤酒味。就像，你在操她们——男人望向展厅里的姑娘，嘴角浮出淫邪的微笑。你试试啊，去试试。又不花钱。我操，提速太快了。到底是德国人操出来的原装进口货。他笑了笑。男人摆摆手，上了桑塔纳，开走了。此时展厅里再无客人，下班的姑娘小伙陆续往外走。再也无人搭理他。漂亮的女主管最后一个走进展厅，逐一灭掉高大的白炽吊灯。他踩着哗哗响的小石子走过去，拽开玻璃门，对女主管说，我想试试你的车，行吗？

彭翔消失数周之后我找到那家奥迪 4S 店。实际上好找得很，你出红塔基地大门，上滇池路，到了西贡码头就能看见它。没错，就在 7 路公交站台正对面，巨大的落地玻璃像翅膀一样打开。我绕着滇池路兜了一大圈，方圆十公里就此一家，别无分号。奇怪的是，过去我们居然从未发现它。我在西贡码头前方掉头往回，沿一条土路往南斜插五十米，直达门口。我在院里停好车，走向它。展厅相当宽阔，几辆银色奥迪趴在那里。一个穿灰色制服的姑娘相当殷勤地为我拽开玻璃门，我不知道该进去，还是转身就走。她，或店里的某个女人，必然与彭翔有关？我干吗要来？因为老觉得有点对不住他？可足球和生活明明两码事。先生请进。姑娘颔首示意。我走进去。阳光从四面八方洒下来，惊人的通透感让你仿佛待在空中。我说我随便看，你不用管我。她说好的，那边休息区有咖啡。好的，好的。谢谢。我走向不可一世的奥迪轿车。店里一共六个姑娘，都很漂亮，气质出众。似乎谁都可能戴上大大的墨镜坐上红塔 4 号场的替补席，为一个湖南老家伙拍手叫好。我来回溜达。一张猩红色沙发待在展厅一角，它空着，像只红色巨碗。那个为我开门的姑娘大步走来，问我需要帮助吗？我低声说，有没有一个女的，一个……我前言不搭后语。她笑了，说去问问主管吧。她指明方向。我穿过展厅，来到办公区。女主管也就 30 岁出头，照我看比展厅里所有姑娘都漂亮。我简单说明来意，她上下打量我，轻轻摇头。嗯，大约一个月前，是有个大家伙跑来我们店里找苏秦。后来，差不多下班啦，他突然跑进来，说要试车。

试车？

都认识他。谁不认识？我说下班了要试明天再来。他不干。我想了想，算了，让他试吧。我办好手续，陪他上车……

你说，我听着。

后来的事情你没听说？他突然在院子里掉头，猛踩油门。天啊，那种时候你就是喊破天都没用的。就那么短短一两秒。我们的奥迪提速多快啊。

我盯着她。

万幸啊，没受伤。玻璃碎了一地，还撞坏一辆新车。你说，我能不报警？知道一面玻璃墙、两辆新奥迪要花多少钱？

我一声不吭。

后来，警察费了九牛二虎的劲才把他那只大箱子抬上警车。

苏秦呢？

从来没人叫这个名字。我猜是别的什么人，早辞职啦。

谢谢。

真是你朋友？他们约好了私奔还是？你刚才说，你们一个球队的？她望着我，满目凄凉。何必呢，你说，他何必呢？为什么非干不可？他这么干之前，我挺可怜他的。

我走出来。我在那扇完好的落地玻璃窗前待了几分钟，想象一辆奥迪车以好莱坞大片般的狠劲将它撞个粉碎。夕阳洒下来，玻璃窗上出现淡淡的影子。我自己的影子，如丧家之犬。我浑身冒汗，被一场野球之后的虚脱感牢牢抓住。我很想给他打个电话，突然发现我没他号码——每次约球的是边后卫陈钢，只有他才掌握每个兄弟的电话。滇池路上车来车往，到处回荡着惊人的喧叫声。我踩着细碎的小石子走向我的车，坐进去，发动它。

低地

一

他说两个家伙劫了他的狗，在他家里留了纸条，大摇大摆走了。他说，他们约他上东陆桥头见。

“他们不怕我找帮手？”武钢说。

“他们料定你会找帮手。他们故意这么干。”本杰说。

“吃了豹子胆啦。鸡巴重庆人！——不好意思武钢，我没说你。”小蒋说。

重庆人武钢并不介意他的队友骂他，瞧不起他。我们最需要他的时候他溜了，他碰上麻烦的时候又巴巴溜回来找我们。你见过这号男人吗？

“说实话，你一定要说实话。我想听你一句实话。”本杰说。

武钢撑住下巴，目光扫来扫去。他从来不是个痛快人。他是个孬种，裤裆里少了二两货的孬种。

“是实话。”他说，“一直都是实话。哥哥们，请相信我。你们要不信我，这世上就没得人信我咯。”

“我们就是太信你咯。”桂子操着重庆腔说。

武钢说，那两个重庆老乡只为一点赌债——从前他在重庆的麻将桌上欠下的。你听，不像实话吧，哪有人为了几千块钱连追一年多从重庆追到昆明？

拿主意的是球队老板张勇。他把支气管里的痰一口一口吐出来，一面说要戒烟，一面点上中华。

“行，去。都去。”他终于表态，“不想去的可以不去。这种事情，不勉强。”

我松口气。为一个不讲义气的小子再尽点力是应该的。好了，又到喝酒时间。现在是星期三下午三点，球队经常聚会的西门酒吧没什么客人。扎堆喝酒的大学生都放假了。西门老板遣散了五个人手，留下两个跑堂的，连个美女都没有。

“上酒上酒，四扎生啤，四扎！”小蒋吆喝着。跑堂小子屁颠颠去了。

二

他说，当年他踢球的地方是块低地——就在重庆沙坪坝，一片榆树林子围着，每到夏天就会积雨，没多少草皮的场地泥泞不堪，他和他的球队都喜欢上这儿撒野。他说他一直是主力后腰，你可以想见那支球队有多烂。天气好的时候低地开始长草——近似河沙的泥土呈米白色，细细的草茎不到三天就蹿得拇指一样粗、比脚丫子还高。过去木头做的球门摇摇欲坠，连球网也没有。他来昆明之前，四五支球队凑钱换了球门挂了球网，还给场地画了线。如果你爬上对面草芽山向下俯瞰，你会发现低地漂亮得像个梦；就算不见绿色，可它多平整啊，边线直苗苗的，长宽相当标准；每到秋天，细细的河沙踩上去像地毯一样。他说，他为它掏了三千块钱，是全队最多的。他舍不得它，舍不得他的球队。

可还是舍下了。他跳上夜班火车，哐当哐当来到昆明。

他说，他下了火车直奔海埂。从前在电视上见识过的海埂基地出现的时候，他的心怦怦跳。青翠绵延的足球场似乎比天空还大。他下了车，在7号场外停下，手指划过带着暖意的铁栅栏，胸口被浓烈的青草气息呛得生疼。场内是我们惠恩服饰对阵一支名不见经传的球队。中场休息，他走向场边那个黑乎乎的大胖子——惠恩的挂名教头本杰。

他说他想入伙：“你们踢得牛逼哟！”

武钢就这样来到惠恩。那天他上场十分钟，我们发现重庆小子顶多打个后防替补。赛后，武钢搭段凡的车进城，段凡建议他在红莲街一带落脚，也好每周六搭他的车前往海埂。武钢说昆明真是个好地方。段凡说当然，一年四季有球踢，我操！段凡问他几岁，他说，27。段凡说你才27？我们最年轻的杀手李都35啦。之后，段凡请他吃饭，带他深入红莲街，找到一幢出租楼，三楼有个小套间，面朝大观河，每月租金400。武钢说行，就它了。段凡说，你还缺个工作。武钢说我见楼下熊猫皮鞋城招人哩。段凡摇摇头说，你在重庆待得好好的，为哪样来昆明？武钢说重庆待烦咯，昆明有球踢嘛。段凡说记着下周六，上午九点，十字路口见。我们每周六上午十点海埂7号场，雷打不动。

“要得！”

他送走段凡回来就发现它了——毛色花白，像一团掉色的地毯，一缕缕耷拉下来遮住眼睛。他走到哪，它跟到哪。就连他去熊猫皮鞋城找浙江老板商量工钱，它也赖着不走。浙江老板问他，你的？不是。他说。老板说，肯定是流浪狗。你留着算啦。这一带，什么都缺就是不缺流浪狗。他们谈妥了。这条灰不溜秋的家伙仍然跟着他，一路追到三楼。看来，它是昆明送他的见面礼。他把它洗干净，露出青白色卷毛，像《丁丁历险记》里的白雪。干脆叫它白雪。它汪汪叫了两声，同意了。

三

喝得真多。其实四扎啤酒刚够小蒋、桂子、段凡漱漱口。三点刚过，又要五扎。

坐在西门的兄弟一共9个，三点半的时候罗坤、王盛和许立走了。我猜他们和张勇说过了——武钢的事情，他们不想插手。剩下的人接着喝，把小碟子里的油炸石头鱼吃得干干净净，又让跑堂的去隔壁小店买麻辣土豆片和五香花生米。桂子和小宝为了加林查和贝利嚷起来，段凡插话说：小儿麻痹患者加林查速度奇快，没人防得住他。边路，仅限于右边路，他比贝利牛叉。

“听见了？”小宝瞪着桂子，咧嘴傻笑。

“他说了不算。我操，贝利能踢任何一个位置。包括守门员，包括右边路。”

他们争执不下。我看见重庆小子武钢心不在焉，连跑几趟厕所，回来就待在张勇下首闷头喝酒。他似乎需要酒精壮胆。但这点啤酒太少了，他能一气撂下五瓶小青。

“马拉多纳，你们忘了马拉多纳。”我说。

“对对对，”武钢说，“老马才是地球上最牛逼的足球运动员。贝利差远咯。”

大伙安静下来。

“你闭嘴。”小宝说。

“听见了？”桂子说，“宝哥让你闭嘴。”

“重庆软蛋。”小宝说。

“听见了？宝哥说你是重庆软蛋。”桂子说。

武钢喝干杯里的酒，抹抹嘴，看看我，又看看他们，最终望向张勇。后者一声不吭，继续从喉咙深处咳痰，啐到身后的花坛里。那儿有一簇血红的鸡冠花，迎着太阳闪闪发亮。

“行啦小宝。”我说。

“武钢，你是不是软蛋？”小宝说。

他一声不吭。

“算逑，老板都点头了，我就帮一回重庆软蛋。”小宝望着我说，“只此一回。”

“……行啦，都四个月啦。”我说。

“谁先动的手？”桂子明知故问。

“听着，听着，我再讲一遍——”小宝举起酒杯，今天他喝得最多，“当时杀手李（他指着我）先下一城，狗日的银河融资追着王盛、金恒猛踢；杀手李再进一个——我传的球，我传的。对方5号被我们小孙按地上了。就这么干起来。小孙为哪样把他按地上？我操，他想把杀手李的小腿废掉（他又指着我）。记得吗？都记得吗？”

当然记得。我们护住小孙。对方场上场下的人扑上来。场面混乱，伴随恶狠狠的咒骂。我瞥见重庆人武钢的狗夹着尾巴蹿到场外，武钢抱起它，旁边站着穿着白裙的郑晶。

全队当天来了13个，12个在场地上抡膀子，除了武钢。

我操你妈！我暗暗大骂。

对方18个对付我们12个。本杰捂着冒血的鼻子冲武钢大喊：“让惠恩服饰店里一百个伙计赶过来。快！”武钢说了声“好”，像从梦里惊醒一样抱着他的狗拽上郑晶向外飞奔。

混战很久才罢手。我们吃了亏，小孙最惨，两颗门牙加一根鼻梁（一个多月才勉强恢复）。银河融资撤得飞快，他们忌惮惠恩的一百来号救兵。7号场就剩下我们。浓烈的草腥味和血味、汗味混合起来，像小刀子戳你的脸。我们坐在场边喘气、发呆，像等待奇迹。

重庆人武钢没有露面。他整整四个月没有露面。

四

他说，是白雪发现郑晶的。

一天傍晚，白雪追着一个穿红色漆皮鞋的姑娘疯跑。武钢大声唤它："你给老子回来！"红莲街上的人都以为他冲姑娘喊话呢。红色漆皮鞋蹲下来抱住白雪，说这是你的？是。它叫什么？白雪。啊，白雪。要不让给我？我就喜欢毛茸茸的猎狐犬。猎狐犬？它这点个头能追狐狸？那是，姑娘说，没准咬死老虎呢。他们笑了。四周是拆毁的墙、塑料垃圾袋和刚出动的妓女。姑娘的手指梳理犬毛。白雪，这只被称作猎狐犬的小狗，正用一种淡定而享受的目光望着武钢。他说不能卖，姑娘说要不这样，我养半个月，你养半个月？武钢说哪有这种事情哟。姑娘说你是四川人？武钢纠正说，重庆。姑娘说对嘛，重庆人还婆婆妈妈？就这么定啦。

真就这么定了。狗一人一半，房子干脆也一人一半——姑娘搬来同住（不同房间），彼此省了一半房钱。姑娘叫郑晶，湖北黄石人，打工的服装店离这儿三条街。

七天后的夜里，郑晶蹿进他的房间，一件紫色吊带睡衣拖在地上，梦游一般呼唤白雪——它哼哼唧唧溜到他床下了。郑晶挠着长发，说你睡你的，我找我的。她蹲下来，武钢发现她膝盖托起的乳房，像两只透亮的钢盔。郑晶抬起头。你看什么？她说。他转过身。郑晶拖出白雪，窸窸窣窣出去了。他几乎一夜没睡。第二天夜里，郑晶钻进他的被窝，说我才养了八天，咋老往你屋里跑？她呼唤白雪，果然在床下哼哼呢。郑晶说你听见了？干脆，从今晚开始，都归你啦。郑晶抱住他，突破短暂的违抗和小小的障碍，迅速搞定一切。她说，她一向觉得昆明男人不靠谱，重庆男人，还算巴适。

“但是，你，不像个爷们哟。”

他抚摸郑晶软绵绵的小腹，眼前出现奶浆色的低地。从草芽山上鸟瞰，比马拉多纳撒野的阿兹台克球场大多了。

她问他：“咋从重庆跑来昆明？”

他说：“为了足球。”

她说：“你哄鬼哟。”

他说他打麻将欠了赌债，连夜跑路。从前他在一家火锅店干得好好的，每月三千六呢，远比现在挣得多。

她很欣慰——认识他以来，他再没赌过。

“你睁着眼睛瞅什么？”

“重庆，沙坪坝，低地球场。”

“说说看，你说说看。”

“雪白雪白的，沙子软软的，像普吉岛的沙滩。”

“又哄我，哪有雪白的足球场哟。”

他不说话了。风掠过低地，夏天的积水发出沙沙声。

五

四点正，我们各自上车，开往东陆桥。

武钢竟然上了我的车而不是段凡或张勇的——在我看来，也就他们还算照顾他。窗外阳光灿烂，天空蓝得发黑，前方的小宝拐上西昌路，照直开下去就是大观河，与大观街交口位置就是东陆桥——一座没什么特点的石头桥，像钢板一样平直地架在大观河上。左右各有一排花岗岩桥墩。冬天的时候，大批红嘴鸥从西伯利亚飞来，暗绿的河面像落了一层厚厚的雪；只要领头的一声唿哨，成千上万只红嘴鸥立即腾空而起，像整齐的军队绕着红枫树兜一个大圈子又重新返回，以眼花缭乱的速度落下来，掀起一阵白茫茫的风暴。

武钢坐后排，脑袋顶住车窗，行道木影子划过他的脸。

“抽烟？”我说。

“不抽。”他说。

“郑晶呢？”

“我不让她来。”

“你害怕？”

他摇摇头。

“你们不担心警察？”

“警察？”

“酒驾。我是说，不担心交警检查？”

“我操，三四公里就到。这一带没人查。再说，大白天的，查个逑。”

我对这小子有说不出的反感。他哪像个爷们？

“说句实话，李哥，我还真想回重庆了。”

“那就回去。”

“都秋天咯。秋天的重庆沙坪坝，真心漂亮。”

我知道，他又想说他的低地球场。

他说，惠恩去一趟沙坪坝低地该多好，也让那边的球队见识见识昆明的强队。“秋天的低地绝对好，没有雨水，沙子很细，很软，跑起来——”

“这辈子也没可能咯。”我打断他，“我们就喜欢昆明，就喜欢海埂7号场。全世界的球场也不如海埂7号场。”

他半天没吭声。

“你说句实话，咋要离开重庆，跑昆明来？”

“待太久咯。再说，你换个地方，就把你自己也换了。我想老老实实待在昆明，跟着惠恩踢一辈子。”

“你他妈满嘴跑火车。”

武钢轻轻叹气：“还真想回去咯……带着白雪。”

“郑晶呢？”

“只要她想去。”

“她不想去？”

他没吭声。我从后视镜瞥他的脸——沉浸于昆明下午虚幻的光影之中，大概再也不想从我车上下去了。东陆桥在正前方，白色花岗岩桥墩黑乎乎的。大观河的臭气扑过来，像打翻了成百上千只垃圾桶。

六

郑晶每场球必到，从来不像本杰老婆或者我老婆那样出工不出力，她随时放开喉咙嘶吼。武钢渐渐站稳右后卫位置，将光头佬金恒挤到冷板凳上。后来郑晶也去了熊猫皮鞋城，很快升到总管，工资涨了两千，他们给白雪买了漂亮狗舍。和郑晶相比，武钢还是熊猫鞋城走到底那个女鞋专柜的售货员，业绩不好不坏。

不到半年，他被浙江老板开了。

他说起因是郑晶。一个昭通人花三小时试了九双鞋，开始说九双全要，最后一双也不要。郑晶嘟囔了一句，对方破口大骂。浙江老板拽上武钢赶过来。武钢直直站着，不帮忙，也不搭腔。

他说当时乱哄哄的。他闭上眼睛，低地就在面前——沙子雪白透亮，耳边有呼呼风声。

后来郑晶号啕大哭。老板指着武钢的鼻子说你他妈孬种。他一声不吭。老板说你走吧，走。他走向他的女鞋专柜。老板说，我让你走人，滚！

在这件事情上，要不是他好说歹说，郑晶早走了。（据说他给她跪下啦。女人走就走吧男人岂能下跪？）她原谅了他，还让他吃了很长时间软饭。此后武钢干过保险，卖过报纸，当过司机。我们说他像本杰一样尝尽人间冷暖，干脆当鸭算逑，挣得多，还爽得很，何必在这世上苦熬？后来他去郑晶一个朋友的性保健品小店打工，整天和硅胶做的阴部打交道，一些光鲜的姑娘都来买电动的。他凌晨五点才回家，贴着郑晶耳根说，现在的女人都用电动的了，哪个还要男人哟。郑晶还在梦中，搂住他说你要再不像个爷们，我也不要你啦。

爷们。爷们。他不像个爷们？

低地在梦中出现。积水踩上去噼里啪啦响，软软的白沙黏着脚；射门的感觉很棒，不像海埂7号场那么结实，更像在柔软的斗牛场上跳舞。所有人都能听见你正脚背抽射的声音，啪——！

那家性保健小店也把他开了。据说一个醉醺醺的老头要买一堆东西，武钢打了两大包，老头背上就走。他追着要钱，老头掏出钱包，只有一百。

这一百买走五六千的货。你打听打听，昆明顺城街老表哥哪个时候花钱超过一百？老表哥？他从未听说。老头大步往前走。他叫他站住，老头站住了，冷冷盯着他。

他将老头搡出去了。老头爬起来擦掉手上的血，笑着说你他妈真该谢谢我，还敢要钱？顺城街老表哥立马躺地上，你信不信？

他的心怦怦跳。他不是孬种。他知道自己不是。那些说辞又回来了。这里不是重庆，是昆明。低地边的榆树枝繁叶茂，沙子又白又软，你能听见灰头斑鸠的啼鸣。老头钻进出租车扬长而去。由他承担全部损失——他那点工资哪够？

郑晶掏了大部分钱，然后收拾东西要走。他苦苦哀求才把她留下来。

“你走了，我啥子都没得咯。”他说。

“你还有狗。你跟它过。”她说，“你这种男人，只配跟狗过。”

“我要跟你过。跟你，跟我们的狗，好好过。”

他不止一次想象自己返回低地球场。撒丫子跑啊，让细软的雪末似的白沙黏住脚踝，让整个人微微下陷，像被无数的小嘴巴吸吮着。抬脚射门，球网颤动。就连这点要求也越来越远了，远得让他想不明白为何如此遥远。

七

才四点二十。我们把车撂在对面天元茶楼，进店要了十年的普洱茶熟茶，一边醒酒一边观望桥上动静。

事情发生在三天前，他带着郑晶回到海埂7号场。本杰说他还有脸来？小蒋冷笑，桂子摇摇头。四个月不见，他白了，胖了，冲我们使劲打招呼，掏出烟来散了一圈；郑晶一直在笑，嘴都笑僵啦。大伙有一搭没一搭接他的话，他身上那种软绵绵的亲切感让人无法拒绝。四个月了，迈出海埂大门，不都各过各的日子？哪个的日子比别人的更好过些？

那天郑晶坚持请大伙去小蒋的牛菜馆喝酒，她央求我们给她个面子，让武钢归队吧，他真心爱着惠恩呢。

本杰带头鼓掌，接着是我和段凡。何必难为一个热爱足球的异乡小子？

他在小蒋的牛菜馆喝高了，将七瓶小青撂个底掉，被很少喝酒的水杨开车送回去。郑晶也喝了不少，他们钻进后座，郑晶大喊：要吐赶紧，别吐水哥车上。她的白长裙下面露出直苗苗的小腿，我无法理解这么一个小子怎么能找上这么一个能喝能侃的漂亮女人。他上车不到五分钟就吐了，差点灌了水杨的后脖颈。他说他回到住处想立马做爱的，可老二怎么也直不起来。他呵呵傻笑，跪在地上，使劲招呼白雪，白雪。

毫无动静。

酒醒了一半。他们下楼分头找。红莲街灯影密集，烧烤摊烟雾弥漫，三五个妓女戳在音像店、一元店的喇叭声中张罗生意。街角，店铺，垃圾堆，烂尾楼，哪都没有。那么大个红莲街，那么大个昆明，那么多的流浪狗，上哪找？

“你没想过它又跑了？跟别的人跑了？”桂子说。

“我和郑晶就这么想的。狗和人一样，随便找个主子，随便找个新家，照样巴适。”

“你没想过，是我们偷了你的狗，宰了吃肉？”

“想过，恨屋及乌嘛。”

桂子笑了。武钢的视线穿出大门，落在光线强烈的东路桥头。红枫树洒下阴影，河堤脏兮兮的。从这里你没法看见河水，但能看见河里的反光洒在桥墩上，臭味似有似无。一伙老头聚在河边小公园下棋。距离大妈的广场舞时间还早得很。

“这几个月，你小子跑哪去了？”张勇懒洋洋开了口。他不再啐痰。抽烟引发的支气管炎似乎神奇康复了。

武钢挠挠头：“德钦，红河……绕着云南跑了一圈。”

“咋去这些鬼地方？”

他没吭声。

“我操，都以为你回重庆了。”

他仍不说话。

其实无人真正关心他去了哪里，做了什么——那件事情之后，在他彻底暴露了他是个软蛋之后，没人知道他的确切去向。有人说他收拾东西回重庆了——还不如回去，长点血性；有人说他下地州练摊去了，还有人说他投奔了银河融资。正如我在另一部小说中写过的守门员彭翔，他们都以出走的方式解决问题，迫使我们不得不想念他。但彭翔和我们并肩战斗了七八年，每次群架都冲在前面。他呢，按照本杰的说法，裤裆里少了二两肉，永远指望不上了。

那天夜里，他们从红莲街返回，郑晶在茶几花盆底下找到了它——用撕下的烟盒纸片写的，字迹丑陋：我们来过了，借你的狗玩两天。后天下午五点，东陆桥头见。

他眼前迷离恍惚。沙坪坝低地，白得像撒过一层糖霜。绿油油的小叶草戳出来，星星点点。

“今晚这顿酒你他妈的跑不掉咯。”小宝说。

“必须的。”武钢说。

“让郑晶来。你叫她来。”

“就是下刀子，她也来。”

“对啦，这就对啦。”

金恒大口灌着普洱茶：“听说你投靠了银河

融资？”

他没说话。

“我操，我说嘛！”

一片死寂。空气重得像铁。

“就玩过两场，我发誓。要保持状态嘛，哥哥。”

武钢差不多快哭了。

八

说了帮他，就一定帮他。

天元茶楼距东陆桥顶多60米，就算横穿大观街也不用20秒。何况，按照武钢的说法，他们区区两个人。

真是好天，昆明的初秋深邃湛蓝，像巨大的足球场；大观河带着垃圾和粪便流向滇池；公交车驶过桥头的时候大地都在颤抖。高高低低的灰色楼群守在河边，臭味被穿堂风吹进来，河底似乎藏着无数的死尸。

“臭，真他妈臭。”桂子说。

“全世界最臭的河是大观河。”小宝说。

“比阿Q射门的臭脚还臭。”本杰说。

“比本杰的黑脸还黑。”阿Q说。

我们嘻嘻哈哈。

五点正，桥头空空荡荡。五点一刻，两个男人牵着白雪出现了。武钢端茶杯的手微微发抖。

“是他们？”

他张张嘴巴，没吐出一个字。

金恒有些着急：“白雪，就是白雪！”

两个男人用一根细麻绳拴住它，一路拖拽。白雪嗷嗷叫着，你听得一清二楚。我们准备出门，惊人的一幕发生了：穿白裙子的郑晶远远跑来，一边跑一边呼喊白雪。她的狗，被绳子拴牢的狗不停挣扎，压得低低的嗓门慌乱而凄惨。

我们跨过大观街，冲上桥头才发现对方手里有刀。

刀锋闪烁，似乎是超然之物，它和它的主人不过是黑色水面上的幻觉，是刺鼻臭气衍生的怪影，与我们与武钢都没什么关系。短短数秒，拎刀的家伙笑了，我还记得他那一口黑黄的烂牙。你看不出他是冲他面前的郑晶还是冲她身后的我们发笑。

“小武呢？他是你男人？”他冲郑晶说话。

“还我的狗！”

“冤有头债有主。你让他来。”

“你还我的狗！”

“我们找的是你男人武向荣。”

“他叫武钢！”

“哟，名字都换咯！我告诉你，妹子，他不叫武钢，叫武向荣。我们在重庆沙坪坝低地干架，他用钢筋捅了我兄弟，然后消失一年零七个月。他没跟你讲过？”

我们呆住了。

“我兄弟差点没得命，破伤风感染。”

“放了我的狗！”

武钢，或者他口中的武向荣此时才磨蹭到天元门口，呆呆傻傻的模样犹如一条轻飘飘的影子。

“你放了我的狗！”

“行。你让你男人过来。”此人望着街对面的武钢。

另一个家伙大声招呼我们说，各位大哥，冤有头债有主天经地义吧？这点要求不过分吧？还请各位大哥做个见证，高抬贵手。

“一刀，就一刀，一了百了。”

武钢一动不动。

“武向荣，你过来！再不过来，我就给你女人来一刀。听见没得？”男人大喊。

“武钢就是武向荣？”

男人笑了：“化成灰，我也认得。”

本杰、张勇让他过来。是个男人，就他妈过来。

他来了。跨过大观街，来到我们中间。他眼神凄惶，脸色比花岗岩桥墩还苍白。

“小武，长胖咯，耍朋友咯？恭喜恭喜。”

我知道，今天无论如何帮不了他啦。

“给你来一刀，还是给你女人来一刀？就一刀。”

白雪呜呜惨叫。

“先放了我的狗。”郑晶说。

武钢摇摇头，走向男人：“算了嘛，东哥。算逑了嘛。一年多咯，你们咋就不放过我哩？我差不多忘咯。我在昆明过得好好的……”

“忘咯？你忘咯？你忘咯我们咋敢忘？你一辈子能记住些啥子？连这个都忘咯，我裤裆里的屌就白长咯嘍。”叫东哥的家伙满脸堆笑，看起来比武钢还紧张。他手里有刀。他随时能捅了他，或者她。看他心情了。我喘不过气来。

武钢一声不吭。

“你，还是你女朋友？”

“兄弟，莫激动，有话好好说嘍——”桂子说。

武钢突然弯腰，冲两人缓缓跪下去——当着那么多兄弟和他女人的面，跪下去。他央求他们放过他，他可以给他们钱。他不想再惹事，永远也不想啦。求求你们，东哥。郑晶转过身，捂着脸。我们不约而同转过身。风打在脸上，大观河比先前臭了无数倍，河边涌动着白花花的浮沫，把什么东西卷走了。

本杰替他求情，说两位兄弟算了吧，算啦，如果钱能解决问题——

东哥沮丧得快哭了：“我日你妈哟小武哥！你横行低地的虎胆被狗吃咯？”

“对不起。东哥，我在昆明过得好好的。你给我个机会。我重新开始嘛……”

事情就这么僵住了。我们呆站着。白雪的狂吠凄惨无比。东哥使劲摇头，仿佛这一切让他绝望透顶。他往武钢脸上啐唾沫：“捅你女人？你让我捅你女人？你有种。”

武钢一声不吭。

“兄弟，千万千万莫冲动！”本杰说。

东哥左手拎起白雪，右手抡刀。我们来不及开口，刀已扎进白雪咽喉。鲜血四溅。

我们傻了。白雪挣扎号叫的惨相我这辈子都忘不掉。鲜血洒东哥一身，郑晶的白裙子也未能幸免，像红艳艳的鸡冠花。阳光泼下来。我听见郑晶一声哀号。东哥举起白雪，稍作停顿之后松开。扑通，它落入大观河的声音小得几乎没有。它顺着河流一路漂去。

男人大步走下东陆桥。

郑晶跑起来，她跃下桥头直奔河堤，追着白雪狂奔。河里有血。淡淡的被墨绿的河水稀释的血。她在几十米外才截住它，用一根树枝将它划拉上来，摊在岸边泥地上。它湿嗒嗒的身体蜷缩着。我们转身，武钢仍跪在原地，低垂的脑袋一动不动直面臭烘烘的大观河。

九

“兄弟们，散了吧。”张勇说。

我们撇下武钢，跨过大观街返回天元。武钢还跪在那里，像东路桥头的一部分，镶嵌在星期三下午五点四十四分。我难过得要命。我突然恨这小子。他应该像个爷们一样让人扎个窟窿，再像个英雄一样重返沙坪坝的。可他光知道对着一条臭水河长跪不起。孬种。就算把钢筋插进对手屁眼，他还是个孬种。

一路上我浑身颤抖，一面开车一面骂娘。但愿重庆人武钢，或者武向荣，永远别回海埂7号场。

十

他说他早忘了。早忘了揍他的光头将他压在胯下逼他吞下半截狗屎，对方放了他然后他找到称手的东西。他不是孬种。他在低地上打过不少架让对手吓得尿裤子连连求饶。他狠起来像条狼。他早忘了。能记住的只有米白色低地，只有粉尘味榆树味青草味雨水味。社区比赛他们拿了亚军。他在决赛中完成一次助攻：准确的直塞撕开对手后防线，前锋接球后起脚破门。他还记得对手最后三分钟扳平比分。点球决战意外输了因为他和中后卫罚丢点球可亚军不也挺好的？后来他光着脚丫子站在十二码外漂漂亮亮将球罚进，除他之外没有一个人的低地微风拂动，吹着沾满细细沙土的脚趾，像白雪轻轻舔他。他记得在这块场地上的飞奔、冲刺、防守、进球。他的球队比不了惠恩，但一场玩命的球赛和世界杯决战有什么区别？决赛为什么罚丢点球？皮球连门框都没沾轻轻划过门柱溜出底线，他抬手遮住脸，猛烈的心跳声像被全世界遗弃了。那天他爬上草芽山往下俯瞰——小时候就这么待在山顶往下看的，幻想有一天加入成年人的足球队左冲右突，让沙子打在脸上。规规矩矩的长方形球场像微微颤动的白旗，漂亮，宽阔，伸向远处，将踢球者和他们的余生包扎起来，向世人宣告失败——足球不过是失败者的游戏。从来如此。世界冠军也没法保证四年后还能夺冠，一个业余选手岂能奢望下一场下下一场还能进球？

十一

周六，他来了。我们相当意外。更意外的是，他脚边跑着一条毛色花白的小狗，和死去的白雪一模一样。我们差点以为白雪又活了，或者从没挨过那一刀。

白雪。白雪。我听见他这么唤它。

再仔细瞧，你能发现它和白雪的差别：毛色更深，眼睛也不及白雪的漆黑透亮。他唤它的嗓音压得很低，看它的表情让人想起刚当上爹的刘磊。

我们在场边热身，他带着狗满地跑。我们摇头，叹气，多多少少感到羞愧。

他气喘吁吁跑回来，说晚上就走。

走？

“回重庆。”

没人说话。

“我带着白雪，回重庆。”他说。

“想好了？”本杰说。

“想好了。”

“还回得去？”

“总要回去的嘛。”

“郑晶呢？”

“走咯。”

他说，那天夜里郑晶收拾东西回湖北，他再也拦不住她。他说看在我们快两年的分上，看在白雪——行了.行了.你还有脸提它？郑晶擦着眼泪说，没有希望。没他妈的任何希望。你到底是武向荣还是武钢？你连一条狗都——

她拽着箱子走了。他说他想追出去，可就算把她追回来又怎么样呢？再也没有白雪了。他不明白她最后的话什么意思：怨他连一条狗都看不住还是他不如一条狗？他知道，这一回，郑晶铁定要走了。十分钟后他上了街，哪还有郑晶的影子？他走到东陆桥，河面月光摇曳，有人扑通落水，很快挣扎上岸。他回到住处。屋里空荡荡的。他说他想起初来昆明的上午，天空蓝得像洗过的帆布球鞋。那种初恋般的新生之感再也没了。事实证明要做另一个人有多难。半空中飘着甜腻腻的类似过期糖浆的焦臭。

这只也叫白雪的狗怯生生地不敢靠近。

他招呼它：“白雪，过来，你过来——”

“白雪死了。”桂子说。

他望着他的新狗。

“不好意思，兄弟。”张勇说。

“张哥哪里话哟。谢谢各位大哥，谢谢。”

本杰摇了摇头。

那条白雪凑到脚边又跑开，正好撞上加速返回的金恒，吓得又往武钢脚下蹿。什么样的人，养什么样的狗。如果你细想一下——这小子居然把人捅了，你又觉得他还算有种。只不过，我从来不觉得他是惠恩的一分子。他只是偶然跑来海埂7号场的重庆小子。

“要上场？”

“本杰哥，我——”

“上吧。上。”

就这样，武钢的最后一战获得首发，他在右后卫位置接连放倒对手。裁判掏出黄牌。我们吓一跳。我暗暗警告他：“收着点，我操！”

他眼圈通红。

那只狗老老实实趴在场下。他就这么轻易为白雪找了替身？就这么轻易把过去抹掉了？它轻轻松松拿到一个新名字，不用操心这名字是谁的，也不用操心他叫了多久，只管吃饭睡觉拉屎。它操心这些就够啦。

上半场还没结束，武钢像屠夫一样铲倒前锋，裁判掏出红牌。

接下来的事情既在意料之外又在情理之中：武钢抓过红牌摔在地上。好在群殴爆发时谁也没针对裁判。我们酣畅淋漓却又懒懒散散地投入战斗——鬼知道对方前锋断没断腿，反正他迟迟没起来。武钢第一次，大概也是最后一次扑向对手，出拳疯狂而颇有章法，嘴里呜呜吼叫，喊出一长串没头没脑的重庆话。我们这才发现自己对重庆话的理解太片面也太肤浅。这是另一个武钢，对，是武向荣。我们加入进去，挥拳，狠踹。诡异的是对方突然退开了，我们也退开了，就剩武钢一人在辽阔的7号场上拳打脚踢。

然后，本杰模仿相扑运动员将他扑倒。

对方前锋还没起来。

“武钢，武钢。”本杰说。

那条狗汪汪冲向主人，伸出舌头舔他的脸。

武钢被本杰段凡压在身下，胳膊扭到背后。他瞪着自己的狗，突然厉声骂它：滚，滚！

它跑开了，委屈得呜呜叫唤。武钢喉咙里的嘶嘶声像牲口发出来的。

无人说话。

“断了！断了！”对方前锋抬起右手，大声说。

礼物

他看着小桐走出大门。

别的孩子都穿蓝色校服，就她，校服系在腰上，像一条围裙；上身是黑色紧身T恤，小馒头似的胸脯已相当明显；胸前居然挂着项链，银色的反光晃来晃去；她的脸，瘦瘦的椭圆脸有些苍白；头发也很短，简直比男孩的还短哪。这时，一个上年纪的男人（三十七八岁的样子）穿出人群冲她说着什么。他们朝他这边看了看。然后男人挥挥手，转身走了。此人一头长发，留着本·拉登似的花白胡子。他搞不清楚是自己眼花还是真的这样。他发动汽车，转个弯，紧挨着她停下来：

小桐！

她低头走近他。当着同学的面，有些局促地拽开车门。

小桐刚上高一，今天16岁了。

多久没见了？半年，整整半年。半年前是在一家傣味餐厅——小桐想吃傣味，他带她去了全昆明最棒的金傣楼。他点了一桌子菜。后来还打包让她带回家。再后来，那些酸笋啦、烤猪脸啦、芭蕉叶烧肉啦都吃完了？小桐和苏扬一起吃的？还是一家三口（包括姓董的）吃掉的？竟然隔了这么久。他忙。再说，苏扬不太让他见她。再说，周末他必定前往海埂基地7号场。你很难说女儿在他心里比足球轻还是重。当然啦，足球是解决麻烦的好办法。也许是最好的办法。

广播上说，今天昆明最高气温26摄氏度；一个男歌手使劲唱着：失去你，赢了世界又如何？……他关了它，四周乱糟糟的，学校门口的红色波斯菊迎风怒放。他想起在7号场上流的血，落在草上变成巧克力色。和对手干架，被砸碎牙齿，鼻子里全是草味泥味。他继续喊她，小桐。

她坐上副驾，双肩包搁在腿上。

那人谁呀？

哪个？

长头发，白胡子。

小桐笑了。切，哪来的长头发白胡子？

明明有个家伙，长头发白胡子，还跟你——

你老眼昏花啦。

看错了？最近一直恍恍惚惚。在他四十四岁三个月，生活又像酒瓶似的打碎了。很多时候，他不能确定街道、楼房、小饭铺这些东西是不是真的，多大程度上是真的。就连今天的见面也不太像真的。

我们去哪？他说。

随便。小桐说。

他能闻见她的气息，像足球鞋碾碎青草。

想吃什么？

随便随便。

你妈让我带你大吃一顿。

真的随便嘛！

回族菜，还是景颇菜？他建议说。西餐，西餐怎么样？

不怎么样。

现在的年轻人不都喜欢西餐？

切，芝士一股臭脚丫子味。

听你的。今天，我听你的。

我没意见。就是吃米线我也没意见。

今天你生日嘛，还是16——

她瞪着他，神情颇不耐烦。他不说话了。

车速不算快。阳光很亮，也很硬。他不知道除了昆明还有哪儿的阳光这么亮这么硬。从关上南路驶入国贸路，十五分钟过去了，他仍不知道该去哪里。后面一辆黑色吉普悄悄跟上来。他确信不是幻觉。他连续超了两次车，黑吉普牢牢跟着。

看见了？他说。

什么？

后面有车，吉普车。

小桐回头看。拜托，你以为全昆明就你开车？

你不觉得我们被跟踪了？

切！

我不开玩笑。小桐。你仔细看看。开车的人到底——

反光呢。而且那么远。

你真不觉得我们被跟踪了？

拜托，FBI？克格勃？你美国大片看多啦。

从后视镜里能隐约看见黑吉普锃亮的大鲨鱼似的车前脸。是长头发白胡子的拉登先生？外面一片嘈杂，车轮碾过路面的声音像短促的爆破。十字路口右拐，黑吉普不见了。

没了吧？他说。

什么？

没车跟踪了吧？

老大，我看你喝多啦！

我不喝酒。何况是你生日。

她胸前的小链子大概是铂金、钨金或银之类。没准是锡或铁的。他觉得她像个学生，又不太像个学生（她从小就不想扮演一个好学生，但她从来都是一个好学生）。

看不出你还挺老实。她说。我是说——你不喝酒。

你说我老实？哈。我是挺老实。非常老实。

苏扬说你从来不老实，你把某个女人的丁字裤压在席梦思下面。现在你说你老实。我该信你还是信我妈？

你呢，你不觉得我老实？你刚才还说我老实。

她摇摇头。

老男人就喜欢标榜自己。

我是你爹。

我爹咋啦，我爹就老实？我六个半月没见我爹啦。

不能怪我，小桐，你不知道——

切！谁也不怪。要怪就怪我是桂子和苏扬生的。

你的意思是，你命不好？

够好的啦！在父母离异母亲改嫁的悲惨世界里考上高中。没走后门，没交择校费。老大，你说我多好的命啊。

他说不出话来。

车子沿环岛右行，上了春城路。小桐紧靠椅背，似乎累了。她哪像他呢？活脱脱一个青春版苏扬，可她扮酷的样子、蹙眉的表情都是他的。专属他桂子的。

你老了一大圈。又瘦又老。她说。

是吗？

你像只累得快死的老猴子。哈哈。

他笑了。

我们到底去哪？他说。

说了随便随便随便。未成年人都听大人安排。

不都被你否了吗？

优柔寡断。

谁？我？

优柔寡断加铁石心肠。

他张了张嘴。

扔硬币吧。小桐掏出一枚硬币。

她赢了。

听我的？

嗯。

去西寺塔。

他的心怦怦跳。眼前出现西寺塔的土黄色影子。塔顶有四只乌黑的金鸡。那是六年前小桐约他和苏扬见面的地方。他们。他和苏扬，和小桐。一座千年古塔有什么好看？当年就是她的主意，不是苏扬的。西寺塔跟他们头回约会的地方八竿子打不着。

西寺塔，他说。又是西寺塔。

六年啦，我敢打赌你从没去过。

是没去过。他承认了。你怎么喜欢那个破地方？

破地方？宋朝的时候，风水宝地才有资格修一座塔呢。西寺塔挺立一千一百多年，从没大修过。

是吗？

去看看它吧。我们去看看它。伟大的西寺塔。

他把车窗放下来。车里的温度在上升。太热了。

今天你生日啊。非去不可？

你实在不想去就算了。

我的意思是，六年了我一次也没去过，苏扬肯定也没去过。你为什么——

随便。随你的便。

去，我们去。就去西寺塔。必须去西寺塔。

他右转上青年路，晚高峰车流像一场可怕的便秘。他暗暗叫苦，只能一寸一寸往前挪动。他仍然觉得女儿是个谜，世上最难解的谜。他偷偷打量她。漂亮了，皮肤很白，带有青春期女孩特有的敏感病态之美。

高中啦，还行？他说，就像没话找话。很多人告诉我，女孩子家上了高中都很吃力。

全班五十八号人，我摸底测验第十六。你说行还是不行？

很棒啊！

她笑了。

交新朋友啦？

她望着他。

我是说，你初中的时候交过几个朋友的，现在你到了一个新学校——

他不敢问下去了。

你想问的是，交没交男朋友，是不是经常喝个烂醉，有没有碰过摇头丸？她说。

车窗外面，一个女贩子端着一盘削好的菠萝横穿马路，像端着一堆亮闪闪的黄金。

不不，我不想问。

她拎起那串细细的项链，咬住，又松开。

你要是不想说，可以不说。我没问。你看我真的没问。

没有男朋友。喝过啤的红的不喝白的。摇头丸见过没碰过——给你讲个故事吧？一个牛烘烘的好故事。嗯，初三的时候，有人把花花绿绿的小药片带进来，一个长得挺不错的女生花一百块买了一颗。她被发现的时候就躺在学校厕所地板上，鼻子冒血昏迷不醒。要命的是，短裙被掀开，三角裤挂在膝盖上。更要命的是，卖药的家伙也躺在地板上，也鼻子冒血昏迷不醒。一定是裤子还没脱下来就人仰马翻了。真丢人。你说丢不丢人？他想让她嗨还想占她便宜就该出去开房啊……

天哪！

她来回摩挲项链。突然意识到说错话了，于是扭头冲他干巴巴地笑笑。最最要命的还不是这个，最最要命的——是男厕所。

他心惊肉跳。

小桐的声音沉下去。那个女生，跟我同级不同班，毕业以后再没见过。

他暗暗庆幸她这么长大了，十六了，顺利考上高中。躺在学校男厕所地板上鼻孔冒血袒露下体的姑娘不是她。不是她。多好。真的不是她。

现在呢？没这号同学了？

没了。彻底没了。

她咬住项链，撅起嘴巴——她8岁前让他心动的习惯动作，经常蹭他一脸口水。

我让苏扬转你的钱，他说，够花吗？

她不回答。

两千不够，我可以加。两千五，三千，都行。

她仍不吭声。

小桐。

嗯？

T恤，这件T恤，还有项链，你买的还是你妈给的？

她看看他。

我的意思是，有点紧。你十六了，小桐。你不是小孩子了。

老大，下次我穿上校服你就什么也看不出来啦。平时清一色校服。

你妈没意见？

能有什么意见？

她怎么能没意见呢，她——

切，她一个走在下坡路上的中妇能有什么意见？

那条项链在她嘴里吱吱响。她的脖子修长雪白，锁骨直苗苗的。

中妇？你说你妈是走下坡路的中妇？

堕落到每天必跳广场舞。手里举一把绿扇子，身上全是打折外贸店的便宜货。经常丢三落四，刷过的牙又刷一次，还忘了冲马桶。

天哪！苏扬——

没事，典型的中老年妇女症候群。

姓董的不关心她？

总不能全天候关心。

他一个小会计有多少忙的？他不关心谁关心？

切，人家是两口子。

你忘了，苏扬从前绝不是这样。每天早上给我打洗脸水，为我煎两个荷包蛋——外焦里嫩的溏心蛋啊。

不提这个行不？

他闭嘴了。

废话，一天到晚全是废话。

……

再说了，你还真关心苏扬？

当然。苏扬，还有你。

猫哭耗子。

他歉疚地探出手，在她手背上轻轻拍了拍。如此小幅度的亲昵举动立即遭到严厉抵制——小桐缩回手，像被咬了一下，似乎拍她的人并非父亲，而是一个轻薄的老家伙。没有比青春期的女孩更敏感的了。

小桐，你就不能好好跟我说说话？

我没好好跟你说话?

我是你爸。

我十六年前就知道了。

你为什么这么讨厌我?苏扬都没这么讨厌我。六年了——

谁讨厌你?你给两千哩谁敢讨厌你?

小桐!

终于来到金碧路，阳光扑在挡风玻璃上。他放下她的遮光板，再放下自己的。街景紊乱而缺少变化，斑马线上的行人车辆像沸腾的柏油。他使劲按喇叭，但无人搭理。黑吉普又出现了，硕大的车头酷似导弹。他的心咚咚跳。是刚才那辆?是裹着头布的白胡子拉登吗?

他让小桐回头瞧。小桐说是的是的是有一辆黑吉普。她大声数数，数到27，它超上来，消失了。

哇哦，惊魂黑吉普!把桂子的魂都吓飞了——你绝对干了亏心事。

胡说。

那就是像苏扬一样大步走在下坡路上。

哎，我们都老了，小桐。当父母的，说老就老。

可苏扬说你不服老。

她真这么说?

她说你想回到荷尔蒙乱飙的27岁，你把玫瑰花插在屁眼里跑到她楼下求婚。你从英剧里学的吧？

她连这个都跟你说？

她说你要能在关键比赛首发上场，五马分尸也值啦。

其实她挺喜欢我踢球的。我和她就是队友做的媒。小宝——

又来了！第一千零一遍。小宝老婆朋友的朋友的朋友介绍的，你头一次带她去海埂你还踢进一个。

就是嘛。

她不喜欢足球，是装作喜欢。她说你打进的那个球是队友故意传你的。后来她成了你老婆，你们睡在一张还没塞着某个女人丁字裤的席梦思上。

装作喜欢？她说她装作喜欢？

她说你要的是嫩秧秧的小姑娘，所以你跟着嫩秧秧的余夏跑了，把她三条丁字裤压在床下。你故意让你老婆发现？还是，方便你半夜三更掏出来……

小桐！他大声说。

你又出事了吧？你和那个余夏——

别瞎猜。大人的事情，不必瞎猜。

我没瞎猜。很多东西就是慢慢毁掉的。一个朋友卧室的天花板就是这样，突然垮掉了。他还在做梦呢，被水泥渣子砸得头破血流。

他说不出话来。金碧路超级大塞车，长龙一眼望不到头。她十六了，她的未来也一眼望不到头。

他自己的呢？最不可思议的事情是，他和女儿的未来也许根本没有交叉点。

小桐，他说。我给你买了礼物。

你大她多少？二十，还是十九？她说。你说说她。给我说说她。

你不想知道什么礼物？

你说说她呀。

你十六啦，小桐。

她比你年轻那么多呢，你说说她呀。别那么小气行不？

没什么好说。

切！没什么好说你就不会一脚踹了苏扬立马娶她啦。苏扬说老男人都是蠢货。

他一声不吭。

老男人就喜欢嫩秧秧的小姑娘。她看着他，两眼闪闪发亮。将来我要找个老男人，你同意吗？

小桐！

你会同意吗？会吗？

这是一个孩子说的话吗？谁给她这么大胆子？他又想起长头发白胡子，像被狠揍了一拳。西去的太阳似乎把前前后后的汽车烤煳了。

别说这个。我不允许你说。

切！

别用这种口气跟我说话！

头两年，苏扬的哭声就像快死的老猫发出来

的。我真担心她把老公猫招家里来。我只好假装难过陪她一起哭。我一哭，她就不哭了。后来嫁给姓董的就再没哭过。电视上出现足球她就换台。她骂得很脏。

车子艰难爬行。小桐的手撑住下巴，似乎陷入苏扬的哭声。夕阳洒进来，她像被脏水浸泡着。

小桐。他说。

小桐。他继续说。

据我所知，西寺塔附近没什么吃的。他说。忽然一阵心酸。

她没反应。

如果没什么吃的，我就带你去顺城，或者，干脆直奔海埂。滇池路附近也行啊。

她哼起歌来。声音很小，他无法听清。

但是，但是如果去了西寺塔再去顺城，至少七点半以后，天都黑了。

她继续哼唱。

实在不行就必胜客吧。如果有不错的过桥米线或者建水烧豆腐也不是不——

行啦，小桐大喊，随便随便随便!

他惊呆了。前方车流颤动。他松了油门。车子一个趔趄，熄了火。

好好好。不说了，我闭嘴。

整整六年。

六年前小桐约了他和苏扬去西寺塔见最后一面。一个十岁的孩子，用一部公用电话完成了这次约会。他答应得好好的，离婚前最后一面。但我们都知道后来发生了什么——那个周六，惠恩足球队参加红塔擂台赛半决赛，从不缺席的桂子穿好行头赶赴球场。没人知道他有一个更重要的约会，否则我们要么劝他别来了，要么让他首发。桂子，这个长得像火夫的老家伙挺着肚腩率领惠恩店里几十号伙计加油助威，杀猪般的号叫你就是站在海埂大门口也能听见。我实在搞不懂他为什么热爱惠恩。他38岁才入伙，因为手艺太糙，正式比赛很少上场，可他每场必到。

下半场连丢两球。十分钟后我扳回一城。最后五分钟，张荣受伤，本杰换上桂子。

他踢蹬着猪蹄似的小脚直奔前锋位置。惠恩的反扑一浪高过一浪。我们都记得最后三分钟桂子干了什么——我下底传中，小孙包抄射门，门将脱手，桂子拍马杀到。所有人都认为嘴边上的捅射绝对进了，但皮球贴着立柱蹿出底线。我破口大骂：操你妈！场下的惋惜声震得你头皮发烫。桂子倒下去，很久才起来，耷拉着脑袋往回走。裁判吹响终场哨。我、段凡、本杰长跪不起。狗日的桂子。真想活埋了他。

机会一旦错过，就再也没有了。

西寺塔越来越近了。

小桐，小桐。你要是碰上什么麻烦，心里有什么委屈，尽管——

没什么麻烦，也没什么委屈。

你妈对你不好？还是姓董的对你不好？

好。都好。非常好。

那就是你妈过得不好？

我说了她很好，相当好。

姓董的对她不好？

除了动手揍她，我看没什么不好。

动手？他喊出来。车子正移出困境，跟上一辆白色宝马。你说说，跟我说说小桐，姓董的怎么动的手？

动手就是动手呗还怎么动的手。抡胳膊，打，扇耳光。劈头盖脸。

狗日的！

也就一两回。别说哭啦，苏扬哼都不哼哼。姓董的就像揍一块石头。但是，他不动手的时候对苏扬好得不得了，经常买花呢，大把大把的，到处都是腻得要死的玫瑰香。

她就吃这一套！

女人都吃这一套。

她真傻呀。

你要真在乎她，六年前就不会不去西寺塔。

我早说了我有场重要——

行啦，行啦。小桐望着他。就算你来了，就算你和苏扬见了面，你还是要跟那个小女人跑掉的。

他说不出话来。他心里很清楚，六年前的余夏才意味着一切。她的短发比小桐还短哪，远远看去就像奥黛丽·赫本。她比他年轻二十岁。

你看，她凑过来，带有润肤液香味的青春气息扑向他。我说了苏扬的事情，你就不能说说余夏的事情？

真没什么好说。

苏扬说，小女人横起来不要命。

……

默认啦？你就哄着她嘛，像哄小猫小狗一样哄她。

小桐！

可你连你闺女也不会哄呢。我猜，你像恶狗一样猛扑上去，白痴一样败下阵来。

他当然记得六年前初识余夏的周六下午。前往海埂7号场途中，他去了中石化油站，一身蓝色制服的她拎着油枪走过来，黑亮的短发让他一阵口渴。她柔软的嗓音真好听，她说她来自浙江嘉善。为什么来昆明？她笑了，并不回答。此后他每次加油都跑滇池路。后来的一天，他约她吃饭，她笑着摇头，同意了。再后来进展太快，他没想过撇下苏扬小桐，从没想过。但是七月的某个夜晚，他和余夏去了一家小酒店之后，局面失控了——就像小桐故事里的家伙，半夜三更被脱落的天花板砸得够呛——他对余夏皮革似的身体着了迷。多少男人对此有抵抗力呢？更何况，她一个人在昆明，他怎么能撇下她不管呢？

你听我说，我和你妈虽然分开了，但是，从我的立场上，我仍然惦记你们，关心你们，就像从前——

切！

我说的真心话。百分之二百的真心话。

虚伪！

你说我虚伪？你说你父亲虚伪？

那你要我表扬他？表扬他对前妻念念不忘？

操，不是你想象的那样。

你骂我？

我没骂。

你说，操！

我随口说的。

操。我也要说。我操！

小桐！我好像完全不认识你啦。

你后悔了？

什么？后悔什么？

你后悔了。小桐靠在副座上，瞪着车顶。你要是过得好好的你就不会半夜三更打电话了。

我是因为你才打。

切！你后悔了。你明明知道，每次电话之后姓董的都饶不了她。

我说了我没后悔。我每个周末都带上余夏去海埂7号场见我那帮兄弟。你都见过的，小宝，杀手李，本杰，张勇，段凡……狗日的董会计！臭狗日的董会计！

你为什么深更半夜打电话？

我为什么不能深更半夜打电话？

为什么深更半夜打电话？

我——

为什么深更半夜打电话！

我想了解你。你的学习，你的生活，你的——

我的什么？还有什么？我有没有失身还是不是个处有几个男朋友？

小桐！

他冲向街边，停下来。

你想干什么，你到底想干什么？你在跟谁说话？你知不知道你他妈在跟谁说话？

小桐瞥向窗外。一朵白云像巨大的浮冰。

长长的沉默，把他们连人带车焊在金碧路上。

五分钟后，他重新返回快车道。驶过电信大楼，经过骆驼酒吧。这回主动开口的是小桐。

我再讲个故事吧。听吗？

嗯。

车内计时器显示六点二十六分。黑吉普又出现了——从书林街口慢慢跟上来，距离始终保持十米左右。银色直列隔栅像狰狞的尖牙。

我朋友养了一只花狸猫，是母猫。小桐开始说了。去年产下三只小猫。我朋友和她妈妈都认识小猫的父亲，一只很老很老的老公猫——不知道谁家养的，没准是流浪猫，黄灿灿的，比花狸母猫老多了，都跑不动啦。我朋友说它九岁，有人说至少十岁。反正够老的。老公猫经常溜到我朋友家里。它是三只小猫的父亲。不可能有别的父亲。

他有些紧张。老公猫和小母猫？她想暗示什么？

突然有一天，三只小猫死了，被活活咬死了。那天母猫刚好溜出去，我朋友和她妈妈待在厨房，小猫睡在阳台的窝里。母猫回到家，冲着三只小猫的尸体连连哀号。天哪，我朋友说，那声音像刀子戳她呢。要命的是，它衔着三只小猫的残肢——腿啦，尾巴啦，耳朵啦直奔厨房，冲她们母女扬起脑袋。我朋友让她放下，它不干。她们吓坏了。我朋友想溜走，母猫叼着碎尸一路追来，她去哪，它就跟到哪。我朋友吓傻啦。它那双大眼睛水汪汪的，像藏着无尽的哀怨和痛苦。我朋友说，她想不明白，它为什么追着她？是埋怨她们没看护好它的孩子？还是向她们诉说它深深的悲伤？

他蒙了。

你觉得呢，你觉得母猫为什么这么干？

是抱怨?

不是抱怨。

那就是,按你说的,诉说悲伤?

也不是。

那是什么?

礼物。

礼物?

我问过很多养猫人,他们说,一旦猫的子女在主人家里惨遭不测,母猫都有这样的习惯——把孩子尸体当礼物,回赠主人。

为什么?警告?

小桐摇摇头。后来,我朋友从它嘴里接过小猫的残肢,它喵呜一声,走开了。它变得像出事前一样温顺,一样听话。好像根本没死过孩子。

他的心怦怦跳。

你认为,谁干的?谁杀了它的孩子?

他摇摇头,立即明白了。

公猫?

小桐一声不吭。

车速慢得不能再慢,仿佛在悬崖峭壁上攀爬。长长的堵塞没有丝毫缓解。计时器跳到六点四十七分。天色暗下去了。

礼物?猫真的会把自己孩子的尸体当礼物?

信不信由你。

小桐故意说给他听的?可这是完全不同的故

事——余夏最大的愿望是去一趟博卡青年队所在的阿根廷而不是生孩子。是啊，她热爱足球。他原以为他们是天生的一对。好容易怀上，她偷偷打掉了，连续三次。最后一次大出血，他赶到医院的时候她差点没命。好在她年轻，死神顶多吓唬吓唬她。他问她为什么，她说没有为什么。这就是为什么。不对。小桐怎么可能了解这些？了解他和余夏已经完了？

小桐。他说。

嗯。

小桐。他又说。

夕阳照着她的脸。

你不想去西寺塔。她说。

我们不正在去西寺塔？

你一万个不愿意。

说了听你的。

你要是想去，六年前就去了。

六年前六年前六年前。我说了无数次了我们球队正好——

你喜欢C罗还是梅西？她说。

嗯？

喜欢C罗还是梅西？

C罗。

我猜你就喜欢C罗。

对，他像个爷们。

我喜欢梅西。

大多数人都喜欢梅西。

你以为自己是惠恩的C罗？

我没说我是惠恩的C罗。

葡萄牙离了C罗不行，惠恩离了桂子行吗？

他怯懦地摇头。他这个糙哥怎么可能和伟大的C罗相提并论呢？——不不，她不太对劲。她故意这么说的。

你有什么事情瞒着我？你好好说，小桐，我听着呢。

没有。

凭我这个当爹的直觉，你——

切！你还有当爹的直觉？

说吧小桐，我保证当个好听众。

老大，我好好的。十岁小姑娘躲在床底下一把鼻涕一把泪的日子一去不复返啦。

你躲在床底下？！

我不能躲在床底下？

不，不对，否则她就不会给他讲一个猫的故事。黑吉普时隐时现。他没来由地紧张，脊背渗出冷汗。似乎头一回发现自己如此在乎女儿，如此在意她身上发生了什么。这么大的孩子，既叛逆又危险。不知谁说的，也许是一句诗或一句歌词：16岁孩子都是恐怖分子。

说吧小桐，好好说。还有，为什么黑吉普老他妈跟着我们？那个长头发白胡子的老家伙到底是谁?

她咬住项链。

说啊，被欺负了?

她仍不吭声。

我操，被哪个狗日的欺负了?被他?长头发白胡子的老——

停车!小桐大喊。

他呆呆望着她。

停车!

他没停。

你给我停——车——!

他扫一眼后视镜。黑吉普消失了。

你要干吗?你妈明明白白把你交给我——

她怎么跟你说的?苏扬，她怎么跟你说的?

别这么叫她，你该叫她妈。

她怎么说的?

她说她希望我带你好好过一个生日。晚上你回到家她为你点蜡烛切蛋糕。她就是这么说的。

让我下去。虚伪。全他妈的虚伪!

他望着她。

陪一群老太婆跳小苹果也不想陪我过生日。她以为她是谁?胆小鬼。你呢，好色，懦弱，装逼。对你就是装逼，一直摆出悔罪可怜的蠢样不停装逼，你累不累啊——

他想揍她。伸出去的巴掌最终悬在她头顶。这一下子把什么东西毁掉了。小桐拽开车门。他急刹车。估计把身后的捷达吓得够呛，幸好没有追尾。小桐跳下去，穿过密集的车流奔向街边。他拽好车门，一面往前挪动一面高喊小桐。他不明白她怎么说翻脸就翻脸，两分钟前还兴致勃勃给他讲了一个好故事呢。去他妈的青春期。去他妈的 16 岁。小桐似乎全没听见，低头疾走的样子执拗而坚定。他不知道哪里得罪了她，哪句话说错了。装逼，她骂他装逼。如今的孩子都这么喜怒无常、蔑视父母吗?

车扔在街边。顾不上贴条的危险转身就跑，去搜寻那道孤零零的影子。可她早就被金碧广场上的人流淹没。他扎进去，继续高喊着小桐，小桐。明明见她去了金马坊，现在那儿聚集着一伙吹拉弹唱的流浪汉，哪有她的影子？他绕着广场兜了两圈，没有。哪都没有。随她去吧。他想。小桐你想干吗就干吗去吧。又不是头一天不用管她。从来都没管过她。就当这半年来从没见面，今天不是她生日也不想给她过什么生日。

他站着，微风卷起少量的灰。广场周边的小吃店生意火爆，人们一茬接一茬钻进去、冒出来。附近有音乐声，吆喝声；年轻人贴着他奔跑。他累了，于是踱到花台边坐下，远远打量由仿古建筑拼凑的金碧商城。就在那些高高的像被墨汁染过的黑色角楼背后，他看见它了——西寺塔。淡得像一缕烟雾，就藏在酱红色土灰色的楼群之间，那么硬，那么粗糙。

她还能去哪里?

如果你从昆明东寺街口往西，中段就是西寺塔。塔前是小广场，光滑的水泥地面能照出古塔的影子——漫漶的土黄色墙面，纺锤形塔身，典型的南诏风格，默默伫立了一千一百多个年头；塔尖四角的铜铸金鸡黑乎乎的。一眼望去，西寺塔就像伤痕累累的大种子，如此衰老又如此结实，似乎再过千年还是这样。

他穿过小广场，来到塔的后面就看见她了。她坐在石凳上，仰着头，仔细研究那些间距相当的塔级——它们就像裙褶，整齐，光滑，沿塔身打开。她手里有一个冰淇淋，差不多吃光了。她伸出舌头舔一舔，再舔一舔。

他凑到她身边，坐下来。

她没动。

你数数看，她说，到底十二层还是十三层。我怎么也数不清楚。

他认真数了，十三。

她伸出手，继续数。

行啦，一座破塔。他说。

阿弥陀佛，罪过罪过!

他庆幸还能找到她。今天是她生日啊。他发现她和之前的小桐又不一样了。她穿上了校服——淡蓝色运动衫，把紧身T恤裹得严严实实。项链也遮住了。现在才像名副其实的高一学生。她说坐几分钟就走。就几分钟，行吗？行，当然行。他十分后悔，就不该喝骂她，更不该动手。半年才见一面哪。

六年前，你为什么约我们上这儿来？他说。

小桐站起来，凑近西寺塔。

为什么？他大声说。

一个老人在塔下燃了一炷香，作三个揖，转身走了。

那时候你才十岁。他说。

这上面说，西寺塔整整建了三十年哪。小桐说。

我和你妈不是在这里认识的，我们是在——

夕阳将塔顶金鸡照得闪亮。塔下出现很多溜达散步、准备跳广场舞的大妈。她们说说笑笑，拿出行头。他想起苏扬。她真的每天举着一把绿扇子跳来跳去？

我们来啦，你没来。我和苏扬一直等到太阳落山，等到广场上的灯全都亮了。

半决赛，那天是半决赛。

那场厮杀历历在目。他无数次回去，就像我，著名的杀手李多年来一直在重返当年对阵加盟花卉的四分之一决战。桂子的心病定格在最后三分钟，他错失了一个比撒尿还简单的必进球，此后惠恩再也没有机会挺进四强。那天的负罪感哪有后来、今天这么强烈？它随着时间的推移层层累加。对，正如西寺塔十三个层级。一层层码上去，堆放，摇摇欲坠。奇怪的是一千一百多年过去了它没倒，还那么稳稳当当，像新的一样。几个老外举着笨重的单反相机来回拍，头发和塔身的颜色完全一致。

他想问问六年前的那天，她们坐在哪里。

她这件校服有些大，在落日下毛茸茸的。她似乎又变小了，回到六年前那一个，陪着苏扬坐在塔下。就那么坐着，无话可说。

小桐。他说。

她眯着眼睛。

我不太好。他承认了。面对古塔，他再没办法撑下去。十多天前离的，余夏飞香港再飞阿根廷。我又成了光杆司令。

她回头看着他。

生日快乐。他说。掏出一部未拆的iPhone 6递给她。小桐接过去，继续仰着脸，粉尘似的金色微光洒下来。他们置身于西寺塔广袤的阴影之中。

你可以给我打电话啦。他说。

小桐走向西寺塔，伸出双手做出拥抱的样子，脸贴着塔身，闭上眼睛。

爸，她说，你过来。

她今天头一次叫了他爸。他心里一紧，像被她校服下面的小手捧住了。真想道歉。哪怕被她骂了仍想道个歉。他凑近女儿，嗅着她的气息，左手盖住她微凉的手指，右手尽可能向右探出去。就这样，他摸到一块斑驳的石砖，带着一千一百多年前的尘埃与颗粒，在他手心里簌簌滑动。然而一切仍是原样。

你听。小桐说。

嗯。他说。

你闭上眼睛，仔细听。

他闭上了。塔里有风声，像水波翻滚，又像什么小动物使劲抓挠——对，花狸猫。刺刺拉拉的响声类似坍塌。可它不会塌的。他说不出的累，于是久久闭着眼睛，脸贴着凉飕飕的塔身。再睁开时，声音消失了，小桐也不见了。石凳上搁着 iPhone 6 的盒子。拆了封，没有手机，只有耳塞、充电器、说明书这些白花花的小东西。他的心怦怦跳。他转过身，似乎又看见那辆黑吉普原地掉头，呼啸而去。小桐。小桐。他无力呼喊着，一时难过得想哭。手机的小部件就在手上。终于明白了——这就是她回赠他的礼物，当然也是一部新手机扔下的永远废弃了的残肢。

谁不热爱保罗·斯科尔斯

不能不管了。

段凡拎着酒瓶从张勇的复式楼梯上往下跳，炸裂的玻璃碴子差点把他戳瞎。他昏迷不醒，张勇扑通跪地，一手按住他下颚动脉。后来他在急救车上醒了，头一句就是今晚曼城打曼联。医生说，看来问题不大。是的，问题不算大，最后确诊轻微脑震荡，歇四周归队。但跑不动，出球慢，转身也慢，基本和从前那个保罗·斯科尔斯一样骁勇的中场后腰说再见了。从前他多他妈能跑，九百平方米球场也容不下他。下场后我不敢看他眼睛，也不敢看他脑袋。估计后脑勺有手指宽的疤。他向兄弟们复述断片前一秒——黑暗，针尖大的黑暗。

张勇咋拉他喝酒？

“我告诉他，只要看上我公司任何一个姑娘，我立马牵线。他不说好，不说不好，三拳打不出个屁。只认得喝，喝。喝多了就蹿我楼梯上……”

我们收东西撤离海埂3号场。晚霞在低空燃烧，脚底优质的小叶草扑哧响，像浸水的毯子。我们在停车场道别。不能不管了。不能放任不管了。不能不管管我们的保罗·斯科尔斯了。他直着脖颈，朝我挥了挥手。

黑暗。针尖大的黑暗。我想象不出来。

段凡 43 岁了，没结婚，没女人。我猜这是他从楼梯上往下跳的原委。当然啦，他不会承认。我了解他，比他自己更了解他。当年我将一个家境不错、大学本科的高中同学介绍给他，他见了面，一声不吭；桂子把一个离婚出纳带到他面前，他整晚就说七个字："请把那瓶酒给我。"小宝前后为他张罗三个，没一个让他开口。狗日的段凡，他手拎啤酒，缩进墙角，管你三七二十一。烦透了。我们烦透了。人过四十，要相亲结婚就太难了，就像七老八十还想满场飞奔。

我打他电话。

"睡了？"

"没有。三点英超。"他说。

"你到底咋想？"

"想哪样？"

"为哪样跳楼？"

"我说了。"

"你没说。"

“哪样也不想。”

“真不找个伴？”

“没意思。”

“就足球有意思？”

“行啦老李。”

“你还真以为你能踢一辈子？”

“行啦行啦。”

“保罗·斯科尔斯有老婆，而且三个娃。”

他不吭声。我能听见他呼呼喘息。他好像又喝高了。也许满地啤酒瓶。

“你听着，”我一字一句地说，“2003年，斯科尔斯累积黄牌错过欧冠决赛，最后曼联夺冠，斯科尔斯从两层高的看台上跳下来——对，跳下来，死死抱住弗格森。”

他挂了电话。

狗日的。

他要傻到什么时候？

周五，大伙在彭翔楼下小酒馆喝酒，酒馆老板问何时结账，小孙操着标准的东北普通话说：“你怕咱不给钱还是咋的？喝到明早上，咋的？”老板吓坏了：“几位大哥，要哪样，只管说。”

凌晨一点，昆明的金色灯光洋洋洒洒，彭翔表妹及其闺密出场了。表妹的闺密一头长发，打着小卷卷，穿低胸夹克，紧身牛仔裤，身材火辣。大伙明白了，彭翔醉翁之意不在酒，在段凡。但是对于其貌不扬除了足球什么也不爱的段凡来说，这姑娘绰绰有余，用鲜花和牛粪来形容一点也不过分。小孙刘磊桂子们立即大献殷勤。段凡亮出标志性动作：缩进墙角，垂着脑袋，一杯接一杯喝酒。

姑娘说：“我叫束薪。束河的束，柴薪的薪。”

桂子说：“我这辈子头一回碰上姓束的。他姓段，段凡。平凡的凡。”

“我 35 岁。”她说。

“他 43 岁。”桂子笑了。

兄弟们使劲讲些废话。之后，彭翔问她：“你喜欢足球？”

“喜欢。最爱英超。”

段凡看了看她。

“哪支队？”彭翔说。

“曼联。我是二十年曼联铁粉。最爱保罗·斯科尔斯。太伟大了。平凡的伟大。弗格森退位，斯科尔斯挂靴，曼联找不着北太正常了。穆里尼奥有戏，曼联会越来越好。小将拉什福德不可限量。”

“不喜欢小贝？”

“我说的是最。最爱斯科尔斯。”

段凡扛不住了，从墙角磨磨蹭蹭过来，小声说：“保罗·斯科尔斯哪年的？”

“1974 年生于索尔福德，92 班主力，为曼联出战 718 场。”

段凡血往上涌，像被某种东西钳住了。一个漂亮女人，一个懂球的漂亮女人。二十年来的偶像非斯科尔斯莫属。他一直模仿斯科尔斯——不惜体力地奔跑，传球简洁、再简洁。平凡的伟大，说得多好。斯科尔斯效力曼联三十年，谁都可以盖过他，谁也取代不了他。当他不上场的时候，曼联就不那么稳当了。段凡在我们球队的地位差不多与斯科尔斯相当，他总爱引用齐达内的话："斯科尔斯是我这个时代最伟大的球员，没有之一。"

彭翔让他和束薪坐一起。两人一直聊英超，很多八卦我们闻所未闻。后来彭翔让他送她回家，他也很想送她回家，虽然嘴上不说。他们在街边打车，段凡坐副座，束薪坐后座。车子沿长春路飞驰，他好几次想悄悄回头，但每次都被刺眼的路灯吓退了。

"你从小踢球？"她说。

"……初中。"

"没进校队？"

"没有。"

她忽然笑了。

"对不起。我不是——"她说。

他没吭声。

"你周末有空？"她说。

"周六，踢球。"

"我想去怒江。一起？"

"……开车？"

“对，自驾。轮流开？”

“……”

“明天之内，一定给我答复。”

凌晨三点，他打开电视，切尔西对阿森纳，蓝军3∶2险胜。他不如从前激动，也不再觉得非看不可。自从保罗·斯科尔斯退役，英超就没那么牛逼了。就像马拉多纳之后的阿根廷，罗纳尔多之后的巴西。他想起斯科尔斯对阵利物浦的35米远射，想起他满头金发和腼腆笑容，想起他飞奔时有些宽大的曼联球衫。接传球太干净了，像风掠过冰面。他起来，打开一瓶啤酒，喝到一半，比赛结束。他关掉电视，躺下。第二天没去单位——他那个工作去不去无所谓。下午，他给束薪发了一条短信：怒江。

这差不多就是段凡和束薪初识的过程。现在，我把它写成小说冒着相当大的风险——写出来的未必是真的，何况未经两位同意。是啊，我没征求他们意见（需要征求吗）。算了，何必担心一个摔坏脑子的傻瓜？——上上星期，大雨天，他居然跑到海埂3号场，打电话问我咋没一个人？我说，小蒋没通知你下雨改期？他没说话，背景是噼里啪啦的雨声，间或有电闪雷鸣。

“就我一个人，老李。就我一个。”

“行啦。等着，我过来。”

我赶到海埂，雨小了些。我停好车，撑伞往里走，远远望见段凡打一把黑伞立在3号场边，粗大的桉树站在他身后，像暗黄的巨人。雨点敲打草皮，发出清脆的吱吱声。

“抽烟？”我问他。

他摇头。

我取一支，点上。昆明遇雨成冬，真他妈冷。

我抽完一支，又取一支，点上。

放眼望去，1号，2号，3号，4号，5号，6号场不见一个人。连缀的草皮像一片绿海。

雨势不减，风越来越凉。

“走吧？”

他不吭声，一手揣兜里。

“不走？”

等于白问。

雨点噼噼啪啪打在桉树叶上。草地上的雨声弱下去了。

“当年，当年下多大的雨也要整啊。”他说，“1997年，2003年……记得吗，老李？”

我说我记得，都记得。海埂烂得像秧田，大雨如注，我们上场玩命。球落在过膝的积水里动弹不得，你必须使劲捅它，踹它，像犁地一样把它弄到干一点的地方才能往前推进。早就不讲技战术了，全在烂泥里摸爬滚打。真过瘾。真是过瘾。雨水汗水海埂臭烘烘的烂泥糊住你的脸，让你喘不上气，让你激动得像要渴死的马。

“今晚英超？”我说。

“南安普敦打桑德兰。”他说。

“回吧？找地方坐坐？”

“还是斯科尔斯牛逼。”他说。

“行啦。”我说。

“跑几圈。”

我没法反对。我为他撑伞，他脱了衣裤，换上行头，转身扎进雨里。噼里啪啦的跑动声相当空旷，像巨石锤击大地。白色水花在他老迈的耐克鞋钉下飞溅。他掠过我，将海埂基地黑乎乎的恶臭甩我一脸。

段凡七天后回来的，那场野球束薪并未光临，让我们的期待落了空。他照样跑不动，迟缓、疲惫，像垂死的狗。桂子说，他肯定在怒江途中把自己一次性掏空了。我们哈哈大笑，意淫各种场面，想象他们从昆明—怒江近千公里的漫长旅途中租住一个又一个破烂小旅馆，把劣质小铁床折磨得吱吱叫，让隔壁的人拍墙大骂：狗日的，轻点嘛。

段凡扇他们嘴巴，桂子小蒋小孙兔子一样逃窜。彭翔将他拽到场边，问他进展如何，他一声不吭。彭翔急了，有进展，还是没进展？段凡说狗屁进展，回家！

后来我才知道，段凡、束薪在怒江开过一间房，但是，他连她手都没碰过。

这还是爷们儿干的？

兄弟们骂他“装逼”“哄鬼”。只有我信他。是的，我信。我们认识太久了，他24岁、我22岁那年就组建了“红番”足球队，打遍昆明无敌手。我太了解他啦。他这辈子除了足球谁也不爱，除了斯科尔斯谁也不爱。多年来英超必看，无论多晚，他一定提前五分钟起来。没女人。一个也没有。一个男人怎么能没有女人呢？他不是GAY，当然不是。可到底是什么东西妨碍他找一个女人哪怕和她睡上一次呢？

去怒江途中，他们第一夜住大理，各要了一间房。次日，束薪说两间房太浪费了，不如就一间？段凡没吱声。别克昂科拉沿大理—保山高速穿山越岭，公路正前方，黛青色高山气势雄浑，河流在峡谷里飞奔；太阳划过山脊，余光闪闪发亮；当宽阔的大河突然出现，他的心怦怦跳。来到怒江—保山岔道口，他换束薪开车，以一百码速度冲上怒江高速。山越来越陡，像巨人刀削斧砍的废墟。束薪听一张“绿洲”专辑，进入泸水才换了张学友的老歌。束薪说，你一个踢球的不热爱摇滚？他不知该怎么回答。一直聊足球，她竟然知道当年皇马来昆明时小贝的房间卖出了什么价钱；还能说出1982年、1986年世界杯决赛首发名单。绝大多数时候，他只能羞愧地担当听众。天擦黑时终于抵达六库——怒江州府所在小镇，找到一家整洁的小旅馆。她就开了一间房。

他后来讲，这是他度过的最惊心动魄的夜晚，没有之一。

进门后，束薪翻出一堆东西直奔卫生间。他打开电视，卫生间的流水声高一阵低一阵。屋里一股霉味。也许一小时，也许更久，她终于托着毛巾包裹的长发出来了，身穿自带的白色睡衣。

“你去吧。”她说。

他三下五除二，尽可能不发出多余响动。出来时穿得整整齐齐。她选了靠墙的床躺下，两腿交叉，小腿裸着，亮得耀眼。他在空床上坐下来。她盯着电视。倦意和兴奋同时压迫着他。

“喝茶吗？”她说。

他没说行，也没说不行。

她给他泡了自带的普洱，茶味清淡。他侧过身，忽然发现她距离自己如此之近，最多二十厘米吧。

“累吗？”束薪说。

“还好。”

“你这人有意思。话不多，四十老几了还单着。谈过几个？”

他不吭声。

“你不会是弯的吧？”她笑了。

“不是。”他说，“高中的时候，高中的时候我喜欢过英语女老师哩。”这话说出来，他自己也吓着了。

“真的假的！”

“真的。还写过一封信。”

“哈哈，看不出来，你还有这胆子。”

“是，我也觉得——”

“回信了吗？”

他拉过被子，垫在脑后，摇摇头。

“哈哈，你有种。”她说，“后来呢？一直单着？”

他想不起来。似乎有过一个，又似乎算不上。是二十年前刚大学毕业分来的同事，地道的昆明姑娘。也就吃吃饭，看看电影。手都没拉过。

“大哥，你43岁了。”

他又没话了。

“我好过三个。”她说，“第二个差点结婚。要不是我发现他玩劈腿——妈的。”她停下来，像在等他说点什么。可他一言不发。她继续说，“除了这点，他人很好。一直很好。”

他实在不知道该说什么。

“我怎么觉得地板在抖呢。就像还在车上，还在往前走。”她说。

“嗯。”

“抽烟吗？”

“不抽。”

“介意我抽吗？”

“你随便。”

她下床，从箱子里翻出一包女士烟，很细，很白，像一截细小的骨头。她点上，慢慢吸了两口。烟味发甜，一点也不让人讨厌。

“你什么时候踢球的？”

“初中。”

“对对，你说过，没进校队。”

“杀手李是校队主力。我们当年一所中学。我比他高两届。”

“你那么爱足球，居然没干过专业队。连半专业也没干过。”

“我喜欢的作家海明威说，想一想，不也挺好吗？我想象自己……进曼联，不也挺好的？”

她哈哈大笑。

之后她将抽一半的烟按灭。

“那个差点跟我结婚的，第二个，劈腿那个，是红塔的。你也许认识。”

段凡差点从床上蹦起来。他转身看她，像打量一把钢刀。心里忽然空空的，沮丧而辛酸，还有淡淡的苦涩。

“哪个？”

她说出名字。他当然认识。红塔尚未解散之前的主力边后卫。[①]

① 云南红塔队曾经是云南唯一的中超球队。后因资金原因，于2005年突然宣布解散。

长长的沉默。

“他儿子都打酱油了。”她钻入被窝，关掉电视。他没动弹，还穿着外套长裤。

“你记得红塔的最佳进球吗？”她说。

他没回答。

“就他进的。主场打青岛，过中场一脚怒射。世界波啊。”

他仍不说话。

她熄了灯。深沉的黑暗让他想起“绿洲”的歌声。还能闻见甜丝丝的女士烟的气味。似乎有月光掩映过来。他不确定。当他以为她已经睡着，忽然听见她说：“他踢得真不比斯科尔斯差。”

“……位置，位置不一样吧。”

沉默。

“我说真的。”她说。

“斯科尔斯老婆叫克莱尔，青梅竹马。”她说。

“三个娃，老大阿隆，老二艾丽西亚，老三艾登。”她又说。

“是啊。”

“生活简单至极。训练，比赛，回家，带孩子，看电视，睡觉。”

“多好的男人。”他说。

“乏味又完美的男人。”她说。

他睁大眼睛，回想斯科尔斯的远射和飞铲。

“看出来了，你是真爱他。”她说。

“是。”

“一丁点绯闻也没有。”

“从来没有。”

“球场上几乎没有瑕疵。”

“是啊，是啊。”

他感到保罗·斯科尔斯的激流在房间里交汇涌动。他坐起来，靠着床架。他看见她也坐起来，发出窸窸窣窣的声音。

“伟大的斯科尔斯，”她说，“伟大的保罗·斯科尔斯。”

他觉得身体在黑暗中微微发颤。

“嘿，”她说。

“嗯？”他说。

“我过来？”她说。

脑袋嗡嗡响。

“行吗？”她说。

他没说行，没说不行。他看着她起身凑过来。他感到她在床边坐下。他想起他在现场观看过的她的前前男友，想起那粒远射世界波——他可是当年红塔球迷协会的铁杆哪。

“算了吧。”他说。

她一动不动。

“算了。”他说。

束薪缓缓起身，回到床上，躺下。再也没说一句话。他背对着她。伟大的保罗·斯科尔斯消失了。

黑暗比黑更黑。他心里涌上莫名的厌恶和悲哀。对自己，对一切，对这趟远行。真黑啊，还能闻见女士烟的香气。他比任何时候都厌恶和悲哀。他想立即入睡，却迟迟睡不着。她要再来，咋办？可他非常清楚，她不会过来了。不可能了。虽然他们之间也就短短几十厘米。后来他做了一大堆乱七八糟的梦，次日天不亮就醒，下楼给她买了早餐。她起床洗漱收拾。两人又恢复到此前状态。一种刻意的拘谨，勉勉强强的客套。当然啦，他还能感觉到她冷冷的敌意。自找的啊。她肯定恨他，恨得要死，却又不得不更加亲密一些。他也痛恨自己。可谁规定了——上帝规定的？——他应该而且必须那么干？

他们又分开了，各开各的房，各付各的房费。只在怒江待了两天。也许太累了。是很累。除了奔腾的河流就是巍峨的大山，缩在峡谷里的小县城越来越无聊；到处是奇装异服的傈僳族、怒族，看多了也就那么回事吧。返程途中，两人话越来越少。回到大理，她说她要留下待几天，见几个朋友。他识趣地开往长途车站，买了回昆明的车票。分手之前，她淡淡地说：“保重。”

“保重。”

这差不多就是怒江之行的全部了。他该遭到全队唾弃，不过，考虑到他摔坏了脑子，偶尔出点状况也是可以原谅的。我们猜想，他跳下来那一下子是否把老二也摔断了。可怜的段凡，可怜的 43 岁老男人段凡。仍像过去一样，他每场野球必定头一个来，最后一个走；上场前必定绕场慢跑，必定聊到曼联，必定聊到保罗·斯科尔斯。

“你到底咋想？”我说。

“嗯？”他说。

“斯科尔斯大儿子都进职业队了。”我说。

他坐着，一动不动。

“你说话。”我说。

他总算抬头望我：“老李，他从看台上跳下来，抱住弗格森。你猜他们说些哪样？”

“我管他妈的说些哪样。”

“弗格森问他，保罗，你还能踢几年？他说，你让我踢几年，我就踢几年。”

我一声不吭。

“老李，你让我踢几年，我就踢几年。”

“妈的。”我说。

海埂的落日余晖像燃烧的大海，点水雀在场边溜达。

“他老婆是青梅竹马。”他说。

我烦了，真烦了。这场球他还是跑不动，反应慢，失误多。我怀念过去那个跑不死、打不垮的段凡，那个昆明业余球坛的保罗·斯科尔斯。谁不热爱保罗·斯科尔斯？下半场他有机会为我送出妙传，但他忽然慢下来，拖着步子，低着脑袋。我冲他大吼，没用，他像残废的斯科尔斯一样不知咋办。对方后卫反抢得手，从他脚下轻松断球，大脚开上去。

“我操你妈！”我大骂。

下了场，他说他被太阳直射脑袋被热汗糊住眼睛的 0.09 秒，就像从张勇楼上一头栽下来。黑暗。针尖大的黑暗。

“老李，你要是不让我踢了——”

“闭嘴。”

他慢腾腾脱下老掉牙的耐克鞋，脱下汗湿的球衣球袜。

“该换双新鞋了。”我说。

“还行。”他说。

“我陪你。踢一年是一年。”我说。

他汗湿的脸闪闪发亮，像铜铸的斯科尔斯。是的，我早就发现他长得还真有点像保罗·斯科尔斯。

“英国《太阳报》上说……”他说。

“哪样？”

“《太阳报》上说——”

“有屁快放。”

“斯科尔斯处男之身一直保持到新婚之夜。”

“哄鬼哩。”

段凡背起行头往外走，我赶上他，死死按他的肩。他湿漉漉油腻腻的脖颈弄得我满手是汗。

“你是段凡。记住，你他妈除了段凡哪个也

不是。”

他一把将我搡开，走向那辆老迈的奇瑞。

小说写到这里，我也有点蒙了。下面怎么写？段凡的结局无非两种：A. 踢下去，直到颤颤巍巍年过半百不得不放弃。B. 就此挂靴，找个女人，踏踏实实结婚生子。他会怎么选？换了你，怎么选？

我要是段凡呢？

他约束薪出来是四月的第一个周五，晚八点，翠湖边城堡书吧。束薪早到了十分钟。这是他的说法。如果再顺着他的讲述往下捋，你会发现后面每一个细节都顺风顺水，与后来的意外扯不上半点关系。

好吧，我慢慢讲。

他们都有点局促。尤其段凡。怒江之后，他头一次约她见面。她呢，根本没联系过他，对他充满莫名反感，似乎遭到了羞辱。当他打来电话，她却心软了，答应见一面。段凡后来承认，他挺喜欢她的——你上哪找这么一个骨灰级球迷？而且长相、身材没得说。他，一个 43 岁老男人，错过这个村可就没这个店了。

“都好？”他说。

“都好。你呢？”

“老样子。周六照例海埂，3 号场。”

“抽空，我去看你踢球。”

他脸红了：“我们业余队，只是锻炼身体。不过，说实话，我踢得不错。”

她笑了。她笑起来很好看。

“最近看没看英超？”她说。

“看，每场必看。”

“曼联越来越好啦。”

“刚刚 2∶0 拿下切尔西——”

“爱死穆里尼奥了。”

“我更喜欢当年在切尔西拿欧冠的穆里尼奥。”

“哈，他手里就缺一个斯科尔斯。”

“谁比得了伟大的保罗·斯科尔斯。”

足球能一直聊下去。曼联能一直聊下去。斯科尔斯能一直聊下去。

“还记得斯科尔斯怎么退役的？”她说。

他故意眨巴眼睛，卖卖关子：“啊……忘了。”

“2013 年 5 月 12 日，曼联 2∶1 拿下斯旺西。斯科尔斯最后一战。老特拉福德全体观众起身鼓掌。斯科尔斯什么表情？”

“很平静，非常平静。”

“你不是没看吗？”

“哈哈。”

他回忆斯科尔斯跑动，射门，传球。两臂像天使一样张开。

后来他提议是不是喝点酒，啤酒或红酒。他

知道城堡书吧不卖白酒。東薪说，来点红的吧。乘她上卫生间的工夫，他发现书架上竟有海明威的《丧钟为谁而鸣》，他翻到最后一页：“罗伯特·乔丹匍匐在松针上，听见大地回荡着自己的心跳声，扑通，扑通。”他激动起来，不知为什么。后来他们喝掉一瓶红酒。再后来，他们都不说话。窗外很暗，看不清尿黄色的路灯。她提议出去走走。那就走走吧。

他起身结账，太阳穴也许因为酒精的作用砰砰跳，就像那天夜里从楼梯上跳下来。他想起濒死的罗伯特·乔丹。伟大的海明威啊。外面是文林街。周围太吵，索性和她沿小吉坡下行，右转来到翠湖。小吉坡幽暗陡峭，東薪似乎挽了他的胳膊，又似乎没有。此时，路灯将长长的雪杉影子投下来，翠湖昏暗不明，空气中有浓重水味。没人说话。他们步调差不多一致。她的高跟鞋在水泥石板上敲打。远处出现大片霓虹，像长长的透明的羽毛。他们站下来。她说，

“我们——”

他望着她，心脏怦怦跳。

故事进行到这里，基本尘埃落定了。我就这么想的，小说就此落笔不也挺好？不。这不是结局。我说过后来的事情出人意料——现实和虚构总是天壤之别呀。那天我接到张勇电话是凌晨三点，他说

他和段凡在翠湖派出所。是段凡给他打了电话。他觉得我必须来。我开车赶过去。出事地点在小吉坡，也就是城堡书吧与翠湖之间一条狭窄的小巷，光线昏暗，坡度很陡。他说他约了束薪，她来了，而且早到十分钟；他们聊得很好，非常好；然后他们从小吉坡一路溜达到翠湖南门……“行啦，”张勇打断他。“你编，继续编！”真相是，当晚他主动约了她，可她没来。他从八点等到十二点。他一直望着门外，文林街喧闹不已，刺眼的霓虹射在玻璃窗上。她没来。就是没来。他没给她电话。她呢，连个短信也没有。他从书架上抽出《丧钟为谁而鸣》，读了十来页，又要了两瓶红酒，咕咚咕咚喝个干净。之后结账，出去，斜插小吉坡，在坡道中段抓住一个年轻姑娘，不容分说又摸又抱。姑娘挣脱后报警。他没走几步就出溜到墙角了。红酒后劲太大，否则，以他踢球的脚力必定轻松逃脱。他就是这么交代的——醉了，不太记得干了哪样，为哪样这么干。

姑娘瘦而高挑，长头发，相貌毫不起眼。男朋友赶来要揍段凡，被警察喝止了。段凡酒劲全消，给张勇打了电话。还能咋办？我们忙不迭赔礼道歉，向姑娘解释段凡摔坏了脑子，人是傻的，做事没谱，更别说还喝了那么多酒。后来张勇悄悄往姑娘坤包里塞了几千现金，她总算消停了。派出所训斥一通，放人。

我们坐张勇的车送他回家，路上没人说话。到他小区门口，我们忽然哈哈大笑，笑得眼泪都出来了。我打击段凡：“这女的这么丑，你他妈瞎呀？”

他垂着脑袋，嘿嘿傻笑。

我又坐张勇的车回翠湖派出所取我的车。我们没说一句话。

我取了车，与张勇道别。凌晨五点，天空像井一样黑，再过半小时就该天亮了。我在车里点一支烟，狠狠吸。不想马上就走。不想。我呆坐着，文林街头拥来一批浑身荷尔蒙的小子，脸色发青，嗓门很大；城堡书吧的橘色门楣和咖啡色招牌相当扎眼，让你想起曼联，想起小贝，想起斯科尔斯。对过二十米就是小吉坡，入口深邃幽暗，简直深不见底。我垂下脑袋。突然发现很想他，想念这个刚刚分开的兄弟。我拨过去，他说，刚洗了澡，睡下了。

“今晚有英超？”我说。

“明晚，斯托克城打热刺。”他说。

“几点？”

“三点。”

“要看？”

“看。”

“明天海埂，莫忘了。”

“忘不了。”

周六，我坚持送他一双崭新的“刺客”，段凡死活不要。事情闹僵了，好在无人唠唠叨叨，就连段凡照样跑不动、跑不快也没人说了。我忽然发现一个事实——他妈的，我们这票年过40岁的老家伙，都跑不动了。

“你不要，老子翻脸。”我说。

“再逼我，老子翻脸。”段凡说。

最终听张勇的：段凡花八百买下刺客，我用这笔钱请大伙吃饭喝酒。

下一场，下一场比赛，段凡将穿上刺客。我想象这个摔坏脑子的老男孩犹如脚踩风火轮，就像从未缺席的保罗·斯科尔斯，我们的同龄人，跑不死的铁血中场。也许束薪会来看他踢球的。这种事情，哪个也说不准。

白象饲养员

一

天刚黑。沉入暗夜的脸在火光中隐现，像喑哑的苍穹。他放下背包，垂首站着，贴墙的背弓一般弯曲。声音刺破寂静，被火掰碎，洒向泥巴。

“我不走了，”他说。“就找个住处，吃处。”

老赵蹲着，向温柔的火伸出手，像索取什么。身边立着帮忙的小伙计，不时抬眼觑他。“三哥，”老赵说，“你 64 岁了？山上冷，没电，水也冷。过两个月才通电。”

“不怕，才两个月。”

废柴在火中嚣叫，像出没的狼。

“三哥，你怕是，耐不住。”

“哪样耐不住？你讲错了，我才 62 岁。”

他啐口唾沫，黑夜将其吞下。他出现时老赵不敢相信自己的眼睛——须发全白，从山下一步步往上，弓腰驼背，一件蓝色耐克像废旧的角旗。全副家当就一只黑色双肩包。篝火擦亮的脸上似有深深的伤痕。老赵凝视很久才张嘴喊他：三哥!

“行，我就住下来。不行，我立马走。”

老赵起身，像打量圣物或鬼怪一样瞧他。二十四年。整整二十四年啦。他哪里打听着他在西郊山头拼上一辈子的血汗？哎，昆明巴掌大，足球圈比螺蛳壳还小。要找个人，还是个整足球的人，太简单。他们身后，三块新修的球场悄无声息。你看不清它，但能感觉到它，像酣睡的巨兽。标准 100×65 平方米球场，老赵幻想 17 岁儿子及其全队集体驻扎。训练、比赛、闯荡天下，灭掉各式各样的对手。

“我们都老了，三哥。”

“我说了我才 62 岁，你 59 岁？”

“这二十年，你在——？”

“湖南、湖北、广东……泰国、越南……巴西、智利、哥伦比亚……”

“操。为哪样回来？”

他又啐一口。火焰攒射升高，直刺星夜。场边草丛里有青蛙叫，蛐蛐叫，像助威一样。

“落叶归根嘛。”

“还是老了。”

“可以再干十年。”

“我们真老了，三哥。”

“老赵，我就要你一句话。”

老赵的手如鸟翼般展开，像要覆盖广袤大地。三块球场头足相抵，比黑夜更黑。夜鸟在高处啼鸣。遥远的灯火星星点点。山并不很高，如巨幕一样环绕他们。

“我没多少钱啦，三哥。”

“还剩多少？”

“房子卖一套，押一套，车也换个烂的，二十年整米线馆的钱全部——”

“行，还是不行？”

“三哥。要么，明天再——”

“就要你一句话。”

“好嘛，”老赵咬牙，“每个月，一千七，吃住山上。你要像打整女人一样打整它。”

“我只要一千五。”

“要得，三哥。”

二

夜里似有虎狼出没，你能听见凄厉的咆哮声从林间传来。也许是风，也许是马达。霓虹直冲云霄，如末世奇景。真是冷。昆明冬春没有暖气，也没有空调。小屋立在场边，从前是机模厂，三四间红砖青瓦旧厂房就快倾圮了。老赵接手，做了简单翻修，还过得去。他要将一整片破厂房改造成足球俱乐部，集结一支牛逼的少年队去阿根廷，去巴西，去德国，去西班牙。他不信中国足球没有希望。踢一辈子，国足输一辈子，还是有希望，哪怕每次输球就像把炽焰猎猎的柴火抽走。但每次，火不又重燃了？每次，火岂不比之前更亮更热？总之，第一步迈出去了：球场。整整三块。也许五年，最多十年，白象俱乐部绝对扬名立万。对，白象。山叫白象山。不叫白象叫什么？

白象。多棒的名字。

半夜突降大雨，雨水从破败的屋顶漏下，在泥地上打出小小的湖。他找一只桶接着，不料桶也是破的。索性埋头就睡，在噼噼啪啪的雨声中梦见生死大战，他进球了——大禁区前沿爆射，观众疯狂嘶吼。清早起来，雨停了，屋角、床下到处是水，塑料拖鞋趴在泥里。他开门，三块球场闪闪发亮，像熔化的银皮。他迎着水味草味跑出去，还好，刚撤下遮阳网的草皮损失不大，只要太阳出来，积水很快就散。他转身，见老赵疾步抢上山来，问他场地咋个样？他说，没得事。老赵狗一样跪着，下巴插进水里，右手伸向水下的草皮。

“老子投一半，银行贷一半，万一有个闪失——”

他没吭声。

“好在嘛，昆明冬春没多少雨。是吧三哥？”

他点头。水味越来越浓，像新血一样。两人站着，等太阳出来。一气抽掉五根烟。他似乎累了，其实不，昨夜睡得真沉。

“运气好。”

“是。”

“也该转转运啦。”

他继续抽烟。

“二十四年，三哥，你到底在哪点？”

“我讲过了。”

“一直干足球？”

他回望温柔的山及山巅墨绿的树。薄雾从山后升起。太阳过来了，大地静谧庄重，小径湿漉漉的。不出三天，他想，最多三天，积水就散啦。

“给业余队当教练。混饭吃。”

“二十四年哪。”

“你指望白象赚钱？”

“干好了能赚。”

“干好，是能赚。”

“只要往中甲中超卖几个苗子。操。”

“十年内莫想。”

老赵缄默。

“要请最好的教练。我们两个，还不行。”

“你可以，三哥。”

“按你的野心，要把皇马、巴萨的人都整过来。”

“昆明人不行？我看行。”

“饭一口一口吃，路一步一步走。”

老赵望着他:“外国咋样?巴西,南美,他们讲,穷得很嘛,不如中国,更不如昆明。”

“混饭吃,哪点都一样。”

“还是昆明好。”

他低头,泥地上有蚂蚁列队。他抬起脚。

“还缺哪样?”

他没回答。

中午,老赵送来毛毯、毛巾、暖壶、肥皂、脸盆、剃刀、牙刷、牙膏、半桶菜籽油、半袋米。厨房紧挨小屋,老赵教他烧柴做饭,说辞了小工,带来的东西要从他工钱里扣。他没意见,只为小工略感歉疚。好在,还年轻得很。老赵一周上山三次,每次带酒带菜(生的熟的)。酒喝不完就搁他屋里。两人话不多。一直不多。酒也喝得少。老赵记得从前他真能喝呀,像牲口一样能喝。现在老了,残了。不服不行。无人不老,无人不死。命这个狗东西,何消对着干?先服软认怂,再找机会整它。整一下是一下。

“1995 年,有人在瑞丽大青树见着你。”

“从昆明出来,第一站,是瑞丽。”

“不是倒卖玉石吗,三哥。”

“带瑞丽少年队,21 个娃娃。”

“后来呢?”

“有人举报,说我没得教练证,赶我走,找个景颇老表替我。我刚带他们拿了滇西冠军。”

“我操。”

“我去湖南郴州，干银矿，亏了，欠一屁股两肋巴债。”

屋内一条光线亮如匕首，他的脸耽在锋刃上。

“咋不直接回来？当时就——”

他不说话。

小裁判，终究要说到小裁判。当年被他踢破脑袋的小裁判。躲不过的命啊。

“他好多了，进出有轮椅坐。”老赵说，“很久没得消息。你不提，我肯定忘逑了。”

“我想去看看他。”他说。

“过去了，就算了。”

他身体后撤，没入阴影。

“我想去看看他。”他又说。

“哎，想去就去。三哥。”

三

每天清晨，叽叽喳喳的鸟雀将他唤醒。他抓一把米出去，麻雀、斑鸠、乌鸫、灰翅雀拥在棉丝树上。他将米撒上屋顶。它们稍作试探便纷纷上前消灭它。白象山头，树林军队般列阵，断崖鲜红如血，薄雾尚未从球场上撤走；一场大雨利多弊少，混播的高羊茅、黑麦草、狗牙根和早熟禾拼命抽芽。再过两个月，他就可以推着剪草机一路剪去，像打扮出嫁的姑娘。这种球场你只能在著名的海埂和红塔找到。不难想见白象的未来——一支一支球队进驻，一批一批孩子练成。春雾、露水和泥巴的味道真香啊，他舒臂，扭腰，踢腿，穿上球鞋，沿缀满露珠的小径慢跑。通常绕三块球场五圈，至少三公里。这把年纪，足够了。之后烧水擦身，换上干净衣服，煮一碗面条。他喜欢蹲在门槛上吃它，像担心溜走一样盯着白象，隐约听见嫩芽蹿个拔节的龇龇声。太阳越升越高，它们似在收缩，越来越小，小得像三头绿色的小东西。对，小象。不是白的。他笑了，觉得自己是饲养员。白象饲养员。他咧嘴大笑，将屋顶上的鸟雀吓得扑棱棱飞走。

上午工作繁重，除了施肥，还须清除扎眼的飞机草、惊人的紫茎泽兰、肥厚的蒲公英、蛮横的大叶草——它们大多由鸟带来，被风吹来，稍不留意就火一样蔓延，抢占白象领地。他喜欢拔掉野草的扑哧声，像活活斩下头颅。本地狗牙根最耐看，舒展挺括，带毛茸茸的锯边，像刚出窝的小鸡乖乖趴着。当年在拓东训练，就是这种草。是它。一辈子认得。三块场地，来回十几趟，几乎浑身透湿。野草扔进塑料袋，硕大的袋子坠在屁股后面噼里啪啦响。将近中午，太阳灼人，他搓揉指间碎泥，凑近鼻子，味道清爽热烈，像中药，也像烧焦的麦芽。

午睡醒来，他拖出长长的橡皮管子，不放过两万七千平方米球场上每一寸草皮。清水吱吱欢唱，草和泥地如饥似渴，如小象嗷嗷待哺。他迟缓而有节奏地向后挪动，以免重复浇灌和踩踏。场地渐渐像烤面包一样软和。几天后，他已能娴熟控制水量，像老到的农夫。温情脉脉的水如熔化的金子。偶有白鹭飞来，误以为这是绿油油的秧田。他立即赶走它们，不让娇嫩的草尖遭害。他深知一块球场的命和最初的养护密切相关，一旦疏忽，草很容易结节、变硬和枯死。他不能对不住自己，更不能对不住老赵。

他也会下山买点东西，和山下超市的小老板东一句西一句。其余时间都在山上。白象一侧有半块场子，直面断崖。他抱球上去，颠球、带球，面向崖壁射门，砰砰回声如惊涛拍岸。他脚法精准，看不出马上60岁了，更看不出右腿曾受重伤。你将不无遗憾地想象他：再年轻三四十岁，能进国家队哩。约四十五分钟后——半场球时间，他累了，休息，绕白象慢跑。天空艳如玫瑰，树林生动羞涩，急于在太阳落山前飒飒发光。风又轻又疾，寒意从靛蓝的星空降下。他添一件衣服，做了简单的晚饭，端着碗，蹲在门槛上，慢慢吃尽。风中有炊烟、篝火和露水的味道，湿气贴着三只白象一路小跑，像小狗一样爬上他的膝头。

四

老赵扛来半条火腿。

两人坐在门外，酒碗和煮熟切片的火腿搁在脚边，点水雀像绅士一样踱步，炫耀黑白相间的尾巴。晚雾涌来，白象静谧葱茏。

“你儿子咋样？”

“好得很！速度快，头球好。操，比我当年好多了。绝对是国家队的料。”

“当年，我们都是国家队的料。”

“不开玩笑三哥。哪天带上来，你把把关。”

“你还让儿子整足球。”

“我的种，刀架在脖子上也要整。”

“带来瞧瞧。”

酒香肉香四溢。山的味道。血的味道。草皮味。灰味。煤渣味。铁轨锈味。山上传来斑鸠的低鸣。老赵岂能料到，有生之年还能再见三哥？三哥就在白象山上呢，三哥就帮他看场子浇草皮呢，三哥就坐他身边喝酒吃肉呢。这种事情，二十年前、十年前甚至他出现之前，想都不敢想。你咋讲得清命？命由天定，你就该拼它一辈子。他拼了，三哥也拼了。胜败自在人心，败了也就败了。这残暴的世上，软蛋和怂包没有位置。

“当年何必跑嘛三哥。钱一给，就摆平了。”

他不作声。

“不跑，他们拿你没办法。”

断崖红得像小裁判冒出的血。

“一跑，二十四年。我操。”

1993 年。小裁判。拓东。像他小腿肚上一指长的疤。他们，昔日的师兄弟可以反反复复无休无止说它，到老到死。当年 38 还是 39？业余联赛决赛，他一脚踹倒小裁判，用六颗不锈钢鞋钉跺他的脸。一下，两下，三下，四下……像劈柴砍树，砰砰砰砰。组委会的人马冲上来。他轮开膀子，竟不落下风。要怪，就怪跑去敌方阵营的老赵竟对他飞铲，小裁判视而不见。看台上数十观众像青蛙一样蹦下，竟有一半人帮他。小裁判重伤，他当夜跳上长途直奔瑞丽。天刚亮，他拽开车窗，扔了沾血的金杯鞋。后来听说，小裁判昏迷不醒。这小子刚结婚，媳妇就守了活寡。他不能不跑，一没钱，二不想坐牢。他成了新闻人物，上了电视报纸。他，前省队著名中锋从此销声匿迹。后来队友、兄弟为他凑了四万。1993 年，四万是天大一笔钱。

何必一遍遍说它？何必？但噩梦一次次追他打他，如兽爪般暴虐残忍。哪怕在里约在泰国不再沾染足球，哪怕只是为工地搅拌水泥，在冷库剁下牛尾。就算躲进麦德林陋巷也摆脱不了它。他毁了。小裁判毁了。足球也差不多毁了。

“总不能踹你。”

“你当然可以踹我。”

“扯淡。”

“我以为你恨我一辈子哩，三哥。”

“扯淡。”

“我捐了五千。操，当年，1993 年，我不吃不喝攒大半年。”

“谢谢啦。”

酒是纯正苞谷酒，昆明话叫散扁担；火腿是带肥带皮老火腿，香极了。伤者不止小裁判，有的认识，有的不认识。事情太大，体育局直接关闭拓东内场，再不承办业余联赛。当年他快 40 岁了，仍像沙尘暴一样撒野，场场进球。

“怪我。不去给狗日的‘钻石年代’帮忙就没事了。”

“就是。”

“哎，三哥，你挨的飞铲还少？”

是啊，还少？训练也没少挨老赵飞铲，咋偏偏那天搂不住啦？

“对不起，三哥。”

“我给你打工呢，赵老板。”

“你踏踏实实待下去。以后，就干白象俱乐部总监。”

“咋个都行。只要个吃处，睡处。”

“我认得。”

“白象多好，不单吃饭睡觉，还有足球。”

酒碗抬起，碰撞声脆如生铁。

薄雾来了，球场黯下去，嫩绿一寸寸变黑。老赵提议上泥地小场。他抱球出来，两人踩着斜阳并行。头球、正脚背、脚弓。能对颠很久，像娴熟的杂技演员。最后玩一过一。老赵不是对手。从来不是。他们累了，而且刚吃过肉喝过酒。夜色苍茫，看不见砰砰撞击断崖的足球了，一点也看不见了。鸟群收拢翅膀，欢叫着，冲向高大的棉丝树梢。

五

他躺下来，月光雪亮。夜鸟啼鸣像锐利的琴声。是该看看他。必须看看他。还坐轮椅？想不起他长相，根本想不起来。血顺着短发茬子往外冒。鞋钉像六把钢锥。小媳妇真好啊，守他八年，直到认出她，能坐起来，大声叫她名字。还给他生了儿子，今年该十六七啦，和老赵儿子差不多大。

都是命。命中注定。注定重伤流血。注定亡命，注定回来。那就认命。他会死守白象，用命守，哪也不去，再不多想。昆明多好。比东莞里约麦德林曼谷都好，好一百倍。酒也好一百倍，肉也好一百倍。人更好，何止百倍千倍？被里约劫匪按在墙上，被麦德林混混揍落门牙，被圣地亚哥小球队差点踢断腿……二十年，终于尝够无能、冷眼、病痛、衰老和绝望。至少十来年没碰过足球。孤身在外，得活命啊。连电视直播当地赛事也不看。不是不想看，是不敢。直到断续有华人业余队请他（其实他主动上门，情状落魄可怜）。他愈加厌恶自己，暴力镇住的内心也消耗殆尽。狗日的命啊，暴力不过是狗日的命的帮凶。好在没老婆孩子，从前没有，将来更不会有。那就把身体练好，像铁打的，给小赵们当教头。助教也行，打杂也行。踢不了，跑不动，就站在自己侍弄的白象身上，扯着脖子大叫大喊。

没睡也能听见梦的回声。月光在其上跳跃，碎成银色的鱼。

去吧，去看他。不等了。否则不消回来。要找他太容易了。昆明足球圈，咪渣大。

他起身，月光如无法逾越的江河。

六

小赵像一只雄赳赳的小老虎，怀里抱着新足球，黑眼珠滴溜溜转。他们从山下来，老赵很快被甩在身后。上了山，老赵感叹自己老了，小子也不搀他。小赵学名赵恒，他逃离昆明时还没他，连老赵老婆还没有——是当年那个坐在场边帮他收衣服递矿泉水的胖丫头？赵恒整 17 岁，大长腿，高挑结实，一块好料啊。他一把按在手里，问他哪个位置，进过几个球。老赵笑着帮腔，赵恒很不客气地打断他："你莫讲，我自己讲！"小子大声武气，一点不怵充满传奇色彩的“三爹”。

市集训队，后腰，正式比赛进过九个。九个！包括打入大连预备队的远射世界波：中场刚过起脚怒射，直挂左上角。他带小赵直奔小场，两人颠球带球传球。足球砰砰飞动，犹如幻觉。老赵眯眼看着，掐一根草塞进嘴巴。两只白鹭飞过，空气像蜜一般清甜。赵恒速度快、脚法好，弹跳更好，竟能保持一秒制空。两人头球对颠数百次，他以一个小小的失误终结，赵恒遗憾得哇哇大叫。他浑身透湿，像从水底捞出来。比绕场慢跑累多了，也畅快多了。老赵高声问他：

“咋样？”

他竖起大拇指。

太阳洒下余晖，三人席地坐着，错落的影子扎进球场。赵恒指着说：“嘿，像不像三只白象啊？”

“像，”他说，“我就是白象饲养员。”

赵恒嘿嘿笑。

“三爹，我爹讲，你从前是最佳射手？”

“是。”

“进过几个？一百个？”

“不止。”

“哇塞！”

“好好练，20岁拼上中超。”

“我想去欧洲。法国啊，西班牙啊，意大利啊。比利时也可以嘛。”

小赵撩衣服擦汗。他和老赵毫无相似之处。后者粗矮，当年靠爆发力坐稳体工队主力边后卫。小赵呢，真高，放开长最少一八零。真是命，天生后腰的命。

“哪个是你教练？”

“单杠。我爹叫他兄弟。”

“嗯，王辉，我们叫他单杠。”

“对对，就他。”

“他球一般般，当教练，还行？”

“严得很！我被他扇过三回。”

老赵插话：“我去找单杠，我说小狗日的你敢打我儿子？他说就因为是你老赵哥的儿子我才打。你们当年不也经常挨老夏打？我说行，你行。以后往死里打，把小狗日的血性给老子打出来。”

“我爹，算你狠！”

“当年你三爹和我不单被打，还经常被罚跑一万米。活活跑死。”

“是吗三爹？”

他笑了：“我被打怕了，直接写退队申请书。老夏一巴掌扇过来，找死？你再写一个试试？”

“后来呢？”

“咬咬牙，都挺过来了。”

“有挺不过来的？”

“有……”可他想不起来。老赵念出两三个名字，他还是想不起来。这就是失败者的命？

老赵问他，这二十几年，不论国外国内，碰没碰上过好苗子？

他心头一颤。

“一个。就一个。广东东莞，没爹没妈，跟爷爷过。每天练完自己加练，一直干到天黑……”

嗯，东莞，他相中的洗头妹说走就走，一条口信都没留下。他搭上东莞少年队留学巴西的顺风车。球队回国，他偷偷黑下来，混迹数目有限的华人业余队。三年后又去圣地亚哥、去麦德林。再没碰上比东莞小子更棒的了。再没有了。

他记得那块球场，记得那帮瘦黑的孩子。大夏天，汗水一身又一身。绿色训练衫黑色碎钉鞋，足球在草地上唰唰响。瞧，那小子，黑且瘦，跑起来箭一样快，三五个后卫追不上他。决定黑在里约前夜，他带小子上街，遇见一拨街头对垒的足球少年。小子跑去加入，技术、速度、柔韧比巴西孩子竟不落下风且两度破门。小子激动地跪下，嗷嗷叫着，像捧了世界杯。巴西孩子们纷纷上前击掌祝贺。回去的路上，小子说他真想留在巴西。他说会有那一天，会的，好好干。小子说他要当中国的马拉多纳。他在灯下立定，小子的脸汗津津的，亮如钻石。再说一遍。他说。我要当中国的马拉多纳。小子又说。他怔怔望着小子。这般年纪，他在这般年纪可从没想过要当中国的贝利或加林查呀。忽然羞愧不已。

黑下来的牵挂无非小子，无非小裁判汩汩不息的血。他不时往小子爷爷家打越洋长途。似乎这样，小裁判将无血可流。半年后，电话断了。搬家了？还是转学了？去麦德林才辗转联系上小子队友，说小子废了，他帮爷爷的小餐馆做跑堂，被一辆小中巴碾断了腿。他说不出话来，三四天吃不下东西。他是黑老鸹。闭上眼就看见自己长出巨翅，炭一般黑。黑老鸹。把厄运带给自己，也带给别人。除了失败还是失败。狗日的命啊。麦德林局促凌乱，到处是马黛茶、热棕榈、咖啡、垃圾的酸苦，就像昆明。昆明。一万七千公里外的昆明。他想家了。

小赵天赋异禀，几乎和东莞小子旗鼓相当。矮短矬的老赵咋生下这么一个种？

暮色掩映，他拽出橡皮管子，带赵恒走进白象，让他听青草吱吱吞咽清水，听碎泥轻轻迸裂。芬芳弥漫，吸饱水的大地能让夜鸟迷路。薄薄的月亮正从山后上来。

老赵大喊：“行啦！”随手关掉龙头。

七

“我去看他了。”

“看了？”

“看了。”

“咋样？”

“他媳妇接我上楼，家不大。还好，他坐着轮椅。自己抓一把小勺，一点点吃。饭撒了，他媳妇一颗一颗帮他捡起来。”

“50了？”

“49。那年，我39。”

“儿子呢？”

“他媳妇讲，儿子也爱足球，从小抱着足球睡觉。16了，高中校队。说过几天带他上山找我，让我好好教。”

老赵一声不吭。

“她讲，没想到我会来。她还讲，早销案了。都二十四年了。我给她钱，她不要，一分不要，死也不要。她讲，当年我队友给过了。”

“大黄亲手给的，四万一。”

“她有点瘦，有点黑。嗯，还算好看。在一家小公司做出纳。”

“莫想了，三哥。”

“他嘛，白白胖胖，样子还年轻。脖子歪着，像在看我，又根本没在看我。我一点也认不出来。”

“心意尽到，就行了。”

“我不敢看他。”

“哎，三哥。”

“他也没在看我。你说，他认得出我？”

“算啦。不想他。”

“我不敢看他。多一眼都不敢。老赵。”

老赵瞅他。当年剽悍的三哥眼下委顿凄凉，像一只破口袋。狗日的命狠狠修理他，又让他收获了曾经唾弃之物。

“她儿子要是来，你就好好教。”

“怕不会来。”

“来不来，你说了不算。”

“是。我说了不算。”

两人大口喝水。天空湛蓝，白云如峭立的山峰。老赵招呼小赵：“走吧？”

赵恒依依不舍，老赵说你就陪你三爹睡在白象算逑，小赵当真了，被老赵一把拖走。他望着父子俩一步步下山，赵恒长而结实，像把战斧慢慢隐匿不见。他转身回屋，趁青蛙和蛐蛐鸣唱之前烧水擦洗。起风了，似乎有湿重的水味。但天色晴好，月光雪白。眼前是赵恒风驰电掣的影子。身披国家队战袍，横扫日韩沙伊。天越来越黑，城市之光把山包扎起来。白象毫无声息。他默默祈祷，蜷身躺下。

八

暴雨声。噼噼啪啪将他惊醒。他套上还残留热汗的耐克拽开门。不，没有雨，太阳劈面打来。鸟雀吵闹不休。他记得他睡得很沉，也记得他进入梦境时如此顺利。他见一个人影立在白象边上，拽着长长的橡皮管子。他以为还在做梦——逆光，且薄雾缭绕，一时无法看清。像新生的树或突然长大的狗牙根。不，不是老赵，不是赵恒，也不是见过一面的小伙计。

他终于清楚梦中的哗哗雨声是什么了。其凶猛如江河泛滥。三头白象躺在一大片水中。或者说，球场已成湖泊。界线消失了。他不敢相信。树林漆黑，断崖血红。太阳像一簇簇揭皮断骨的金箭。他跑向那人——立在场边，迟迟不放下管子。他冲她哇哇大吼，返身奔向水龙头将它死死关上时想起是谁了。是她。没错。

“我天不亮就想走的。但是，又想等你出来。等你亲眼瞧瞧。我不会像个怂货一样跑路。”女人仰脸望他。这张脸，他觉得还算好看的鹅蛋脸微微发亮，遍布细汗和皱纹。

他一个字也说不出来。

“本来不想这样干。我不想。二十四年了。可是，不这样干，我又何必来？你说你都死了二十四年，我，他，我儿子，都好得很，你又何必来？……瞧瞧吧，你亲眼瞧瞧。对不住了。”她神色平静，像轻声念诵台词，“我儿子打篮球。十岁到现在一直打篮球。畜生才让他踢足球。”

闪闪发光的水像温柔的冰，但更像鞭子，狠狠抽他。几十年锻造的鞭子。他无法睁眼，难以呼吸。

他听见她发动电单车的突突声，听见她沿小径下山，将他一个人扔下，扔在白茫茫的水边。他喘息着，走到白象，蹲下，伸出手。除了水，冰冷的水，漫溢的水一无所有。费很大劲才摸到水下的草。叶片宽厚的草。狗牙根。锯齿划拉手指——那么孱弱，像幼小的白象的舌头。他起身四望，仍看不清看不明。小径被阳光抹成灰黑。鸟声止歇了。也许，它们都快死了。

九

他高烧不止。老赵上山才把他送进医院。白象完了。老赵捧住脑袋。他问他打算，老赵亮出中指。至少这个数，他说。一百万。泥巴要翻新，排水要重做，要买新草，要喷肥料，还要防止大暴雨……

“我他妈倒霉透了。”

“对不起，兄弟。”

“你说咋整，三哥。”

“我是黑老鸹。”

“莫乱说。”

“我是。”

他看见自己摊开长长的一眼看不到头的黑翼，掠过房梁，遮天蔽日，大而无望的草尖高过楼顶，发出斩首般的噗噗声。

“讲这些没用三哥。”

“想想办法？”

“还有哪样办法？”

“再想想。”

“把我儿子卖了？”

长长的沉默。

“赵恒呢？”

“单杠队上。”

“老赵，你说走，我立马走。”他笑了。

“我不是那个意思三哥。”

“我听你的。”他说。

老赵望着两只手。

“不想再试试？”

“哪里找一百万？”

“我两个零卖，也不值一百万。”

“你教教我嘛，三哥。”

他闭上眼睛，又睁开。望着一夜之间衰老不堪的老赵。想不起他年轻的样子，想不起那个爆发力惊人的左后卫，想不起当年为何铲他。鞋钉向上，带着草和泥巴。不，他想不起来。

“我听你的，老赵。”

“没办法了，三哥。”

他一声不吭。

太阳落山前，他返回白象。三块球场让他想起五百里滇池，两只点水雀捣着碎步。风中有水味土味草味火味树味木头味。树林浓重漆黑。他回屋找到脸盆，从屋檐下拉出推车，踩着黏脚的小径走到场边，卷起袖子，蹲下，将水一盆一盆舀进车里。他干得飞快，车子装满，他推到高高的半山坡再往沟里倾倒，再推车回来。如此往复，上山，下山，再上山。舀水还行，推车上去可真费劲呀。他屈膝弓腰，每次须耗上吃奶的气力，像当年老夏罚跑，一万米刚跑一半，你觉得挺不住了。风声怒吼，天地凶残而冷漠。根本撑不下去。你会问你自己为何遭受如此磨难与惩罚？但你会挺过去。会的。过了极限，你就能顺畅跑完它，跑完另一半。咬咬牙，再咬咬牙。他很快就汗流浃背，只得一次次停下，擦汗，喘息，再一次次上山，下山，将推车清空和装满。他不老，他没死。

黄昏，老赵远远见他光着膀子，亮出肌肉，满头白发迎着斜阳挥洒，像高大陌生的神。积水在他手下飞溅，归巢的鸟群聚拢来，发出惊人的嘎嘎叫声。老赵的心怦怦跳。积水却纹丝不动，似乎再怎么努力也是徒劳。他想起他说的话：我就是白象饲养员。

“三哥。”老赵说。

他没听见，继续推车上山。

老赵进屋，找到另一只盆。

关于哈里·阿特的九个瞬间

哈里·阿特

英文名：Harry Arter

生日：1989-12-28

出生地：梅尔瑟姆（英格兰）

国籍：英格兰

身高：178 厘米

体重：70 公斤

惯用脚：右脚

所在球队：英超伯恩茅斯

号码：8

场上位置：前腰

李果，PM 2:14

我打开电视。《英超集锦》。名不见经传的哈里·

阿特直视镜头。他三七开发型，金色的，闪闪发亮。他有种腼腆忧郁的气质。嗓音低沉，语速缓慢，让我想起清浅河流里小小的白色鹅卵石。

“我不知道怎么办，我不知道怎么挺过来的……第二天，我们2∶1击败曼联。好几次，我好几次差点哭出来，不知道自己能不能坚持踢完全场……赢球了，可我毫无感觉。回到更衣室，我哭了……队友们都来安慰我……”

我放下茶杯。

画外音：*阿特的女儿蕾妮还未降临人世就停止了心跳，但是阿特的女友瑞秋坚持把她生了下来。*

“瑞秋真勇敢。这件事之后，我更爱她了……比赛前，她问我能不能上场。我说，我不知道。我一夜没睡。次日也没随队合练，我直接去了老特拉福德球场。我走进通道，觉得自己快摔倒了。曼联的人就在我身后。”

他在这场伟大的比赛中打入一球。禁区外，阿特左路接球后稍作调整，右脚大力施射，皮球直奔球门左下角破网。

“我没法走出阴影。我觉得蕾妮一直活在我们中间。我和瑞秋时刻想起这个在她妈妈肚子里待了39个星期的女儿。她已经是我和瑞秋的一部分了……每天，我每天都活在深渊里。”

我盯着这张帅气的脸。宝石蓝的眼睛。闪回镜头：伯恩茅斯球迷送出雷鸣般的掌声，队友飞奔而来，拥抱，拥抱，还有亲吻。我端起杯子喝茶，很浓的绿茶。我放下杯子。一只苍蝇在封死的阳台玻璃外面嗡嗡乱撞。我看了看表，下午两点二十四分。儿子和妻子正在隔壁卧室酣睡。

画面一直是高清升格慢镜头，背景音乐是舒缓的钢琴曲。深沉、凝重、直接。典型的英伦人物专题片。中国同行拍不出如此水准的片子。除了画外音和采访就是阿特步行、踢球、开车的镜头，迟迟没有瑞秋。我知道她不会出现。绝不会。

画外音：*让哈里·阿特意外的是，与曼城的比赛之后，他得到了瓜迪奥拉的祝福……*

“我没想到，瓜迪奥拉忽然走向我，他拥抱了我，陪我走了很长一段距离。他鼓励我，安慰我。他可是我的偶像啊。”

画面，瓜迪奥拉微笑着，脸几乎贴在阿特汗湿的脸上，不停说着什么，目光像其身后点燃夜空的体育场灯光一样温柔。

“击败曼联那天夜里，瑞秋不在家，我独自一人，把蕾妮的玩具啦衣服啦奶瓶啦，所有东西，清除得干干净净。我不能让瑞秋再次面对它们……但是，蕾妮就在我们中间，永远不会消失。”

茶凉了。

苏珊娜·维嘉， AM 7:18

通往科特家的沙砾小径毫无变化，踩上去稍稍硌脚，但雨后的清晨，踩着小径往前走可真舒服。你觉得你正前往特富摩尔球场，每一步都结结实实的。科特的蕾妮在篱笆后面迎接我，探出脑袋冲我喵喵叫。我推开栅栏，弯腰将它捧在手里。科特来到前廊，穿黑色夹克，深蓝色牛仔裤。我头一回见他这身打扮，他非常精神。认真刮过胡子，稀疏的头顶认真打理过，柔软的金发打着卷。他问我吃早餐了吗？我摇摇头，他说，正好，他做了两份煎蛋，还有培根、面包、乳酪、牛奶和蜂蜜。我们坐在院子里，爬山虎缀满墙头。他几天前说，他上了年纪的红砖围墙也该修修了——有的地方被经年雨水浸泡后发霉发潮，出现松动。去年冬天大风，竟然将墙头的砖块扫到墙外。但在我眼中，科特的红砖墙就像本赛季的切尔西后防线一般坚不可摧。他话里话外暗示我他一个人住不下这么大的房子——维多利亚时期的老房子，他从妻弟手里买下的时候价格不高，如今也许翻了两倍。我瞧了瞧他敞开的房门。屋里飘出咖啡的香味，一种混合家具、皮革、时间、灰尘的好闻的气味。他问我究竟有什么重要的事情？我说明天我们伯恩利对阵樱桃伯恩茅斯，你知道什么日子？科特摊开手，迷惑地摇头。我喝一口咖啡，慢慢吃着煎蛋。他手艺不错，咖啡煮得很好。

培根稍稍有点老，嫩一点才好呢。科特的小猫也叫蕾妮。蕾妮。12 月 12 日，没什么特别啊。科特说。对，我们对阵樱桃。我当然记得。我没说话，将面包片放进咖啡，浸湿，送进嘴里。我从小就喜欢面包片蘸咖啡。我们伯恩利的面包，尤其是街角老卡尔家的面包多好吃啊。蕾妮。我说。什么？科特说。那个孩子，那个生下就死了的孩子，叫蕾妮。你忘了？樱桃 8 号，哈里·阿特。你忘了？科特向后靠去。对对对，去年 12 月 12 日。没错。我把我的想法和盘托出。他说，这是一个伟大的想法，就是不知道别的人，比如托尼、费尔、老拉什等等，他们会不会反对？我说，不会的。不会。他说，苏珊，樱桃是客队啊。我招手让蕾妮过来。它跳上我的膝头。我给它一片培根，它耸着脑袋，几口吃个干净，继续抬头瞅我，眼神充满期待。我抚摸着它，感觉像触摸天空一样。这也许是我最最喜欢的属于科特的东西。他 65 了。第 8 分钟。我说。为什么？他说，但马上明白了，点头说，对，阿特是 8 号。8 号阿特。我看着他，近似严厉的审视。必须说服他们。我说。你答应我。我一个人没法做成。他笑了，说你放心吧，我会一一敲开他们的门。待会就去。我说要我跟你一起去吗？他说，再好不过。我们又喝了一杯咖啡，聊了些别的。他说春天一过他就把残缺的院墙补起来，还要给栅栏门刷上新漆，拓宽一下经常被落叶堵塞的下水道。他问我喜欢哪种颜色的栅栏，我说，绿色吧。他说，那就绿色，春天的绿色。

本杰，PM 9:47

我想给他写信。我看完电视的第一反应是，给他写封信。他运气够好了。运气好的意思是，他和瑞秋幸好没看着孩子活着，长大，然后死掉。那种感觉啊，用万箭穿心也无法形容。应该是，直接把心摘了，让你觉得这世上再也没什么东西是重要的，哪怕是你自己的命。

是啊，哪怕自己的命。要是我的命能换来小麦子的命就好了。给她取这名字就为健康长寿，像结结实实的麦穗一样。可小麦子没这么好的命。没有。她紧紧抓着我的手说，疼呀，疼。爸爸我疼我说不怕不怕我和妈都在呢一会医生来了就好了就不疼了只要吃了药就好啦就一天比一天好起来啦别担心小麦子我的小麦子。她大大的黑油油的眼睛望着我说好的爸爸我听你的我再也不疼了我说疼你就叫出来怎么能说不疼就不疼呢？她说爸爸你还是给我讲个故事，随便讲一个小熊小毛驴的故事随便什么故事我听了就不疼了。我就给她讲那个我听来的也讲了几百遍的故事，小熊遇见小毛驴的故事，这故事没一点意思可我不知道小麦子为什么每次听它就像头一回听一样津津有味从不抱怨。她妈说的也许是对的，小麦子脑子里晕晕乎乎的发烧和疼痛让她糊涂了不再觉得小熊小毛驴的故事早就听过了或者爸爸随便说什么她都愿意听就像头一回听一样。医生给她打了杜冷丁，她听着故事就慢慢睡了。是拽着我的手睡的医生说没准醒不过来了你们要有心理准备，她妈嗷呜一声哭了我拍拍她说没事的没事醒不过来不挺好的小麦子就不疼了，对吧？

我想给阿特写封信。可我不知道邮箱，也没有地址。总不能写上：英超伯恩茅斯足球队 8 号哈里·阿特收。总不能这样。

小麦子没醒过来。我收拾东西。床头两只小熊，一只灰色，一只金色。我告诉她金的是太阳熊，灰的是森林熊。她全信了。我说什么她都信。我把熊慢慢收进包里。一只大大的黑色旅行包。包里还有别的，饼干，矿泉水，小杯小勺。小麦子两岁 9 个月 17 天。小麦子。我的小麦子。我收拾东西，来到走廊上。她妈问了几句话，我一句也听不见。她妈走进去了。她出来，我们一起坐在走廊上。我瞧着我 41 码的鞋，很旧了，我知道。走廊上人来人往，大多是小跑着的白衣护士，打饭打水的家属。有人看我们一眼，有人一眼也不看。我们只是坐着，不讲一句话。她妈背对着我，一件红毛衣绽出许多线头。我站起来说，走，回家。明天我们有比赛，海埂 4 号场。你去吗？她不说话，也不看我，抽一支烟出来，慢慢走到走廊尽头，那地方允许抽烟。她点上烟，使劲吸。我不再看她。我走到电梯间，按下按钮。我还有很多事情要做，比如赶紧安排去跑马山（注：昆明火葬场），通知她妈家里人，我家里人。最重要的，我想，是把小麦子的东西一样一样收拾好。等我安排小麦子去了太平间，联系好了第二天就送跑马山，天已经黑了。我把小麦子轻轻送进冷冰冰的太平间的冰柜里。然后我回到楼上，检查还有什么东西没收拾的。床空着，还没有新病人进来。还没有。不会这么快。她妈不见了，不在走廊尽头抽烟了。我想，她也许饿了，出去找地方吃米线去了。没什么东西好收拾了。我看着床。空空荡荡的床，那么白，那么整齐。我看了半天，然后走出来，在走廊里向值班医生打了声招呼，坐电梯，下楼。

我想给阿特写封信。我酝酿着信。还没写呢，已经知道该怎么写了，又觉得一个字也写不出来。我到处搜他视频。他踢得挺好。是的，挺好，不好进不了爱尔兰国家队。明天的对手是华丽家具，一个值得尊重的老对手。明天要去吗？我问自己。当然去。为哪样不去？非去不可。

王重，PM 3:50

“一万报名费？”我说。

“是。一万整。”本杰说。

“狗日的，没良心。”

“是规定。”

“其他队呢？也一万？”

“比赛完了退五千押金。”

我笑了。我知道我笑得相当做作。我还是笑了。这种时候，他遇上麻烦的时候，我不能不笑。其他人都小心翼翼的，大气也不敢出。

“自己人不兴打个折？八五折，不行？”

本杰摇头。

“最少九折嘛。”

他还是摇头：“没办法，规定。雄冠的规定。兄弟们支持一下。”

他咧开嘴巴笑，露出一口白牙。我早说过他像黑人。这个黑大个儿今天特地跑来客串教练，从头到尾盯住我们踢完一场野球。输了，1∶3。输得无话可说。对手太年轻也太能跑。一上场我就知道不是对手。天知道他干吗跑来。我的意思是，这种时候，他应该在家待着，好好陪他老婆柳丁。我要是他我就好好待着，哪也不去，啥也不干。

“兄弟们，比赛7月15日开打。”他说。

“支持。”我说。

“支持。”桂子说。

“支持。”

“支持。”

“支持。”

“支持。”

“支持。”

“支持。”

“支持。”

“支持。”

“支持。”

“支持。”

“支持。”

“支持。”

大伙一一表态。本杰摸着大光头，不说一句话。

我们换下行头。李果的红色阿迪猎鹰相当扎眼。张勇换了最新的狂战士。我这双刺客最少还能坚持两年。罗坤亮出白花花的肚皮。小蒋收拾好了，跟兄弟们一一道别，拖着累坏的罗圈腿往外走。本杰也往外走。见他走远，我们溜达到海埂小卖店的遮阳伞下，要了一堆冰镇饮料，就钱的问题认真、仔细合计了一遍。在具体数目上我们有很大分歧。我的建议是，每人不低于1000。沉默片刻，桂子发话了，他最多500，他还有两岁女儿要喝奶哩。小蒋说，最多600，儿子刚出生。张勇是球队老板兼主力前锋，一气出5000。好吧5000。其他兄弟出不了更多。各有各的难处啊。

“我没办法啦。”桂子说。

“废话。”我说。

“真没办法了。”他说。

“你们忘啦？”

“哪样？”桂子说。

“头十年，本杰每场必到，提前给我们订好场地和对手。忘了？小孙和钻石年代的干起来，他二话不说冲上去。忘了？”

“没忘。”

“猴子踢断腿，他第一个拿钱。忘了？”

“没忘。”

“刘磊，你说本杰请你喝了多少回酒？”

他没回答。

我数了数，愿出1000的才三个。加上我，三个。

“总共一万？”我说。

还是没人吭声。

我看着他们，一个个看着。我熟悉这些脸，这些一年比一年老迈的脸。其实我们一直是陌生的，大伙每到周末才聚在一起踢一场球。我们非亲非故，干什么的都有，聚在一块踢了二十年。整整二十年。二十年前，是本杰一手组建了这支球队——惠恩。昆明业余球坛上的超一流强队，我真不记得二十年来我们赢了多少球。一眨眼就二十年呀。二十年前我刚大学毕业。我说，知道哈里·阿特吗？他们一脸茫然。于是我讲了讲哈里·阿特。我告诉他们这个英超小子经历了什么，他的队友又是如何帮他渡过难关的。

“你哪里看的？网上？”桂子说。

“电视上。”我说。

“我就问一句，这个什么阿特，他的队友给他凑钱了？”

“我咋认得。”我说，“但是，但是——”

张勇替我解围：“他们给他凑钱了。凑了。英超球队向来有这个传统。他们凑了——13万英镑。”

“我操！”桂子说。

“人民币130万元！”小蒋说。

“英超有的是钱。我们？他妈的，我们——”

“行啦，”张勇说，“既然是心意，就随心吧。行吗老王？”

我没说话。狗日的。我想。这帮狗日的。

“我5000。”我说。

没人讲一句话。海埂3号场空空荡荡，像平滑的绿色金子。大桉树一动不动。天空蓝得像孩子的眼睛。我们都见过小麦子，每年春节前的球队聚会上都会见她一面。长得真像柳丁，多漂亮的姑娘哪，你都恨不能是你生的。我没法想象那个哈里·阿特怎么挺过来的，没法想象本杰该怎么挺过来。他瘦了一大圈，脑袋更黑更大，像一只漏气的足球。

就这么定了。

本杰，PM 9:09

我该写信了。我不知道怎么写。我想讲的东西太多，谁能保证我讲出来的他一定理解？不，就因为他是哈里·阿特所以我才要写这封信的而且我相信他会理解会回信的它可是来自遥远的中国昆明啊。哈里·阿特。哈里·阿特。我一面念叨着一面打开电脑。但我一个字也写不下去。一个字也写不下去。我不知道该从哪写起，写小麦子没了还是写我今天在场边上他们都不听我的还是写我要坚持下去不管多难都坚持下去，昆明的业余足球一点也不简单，一百来支球队，几百号人马，组织好了那是多大阵仗我们雄冠就靠它扬名呢，我跟老板说了我们惠恩第一个报名雄冠的第一届联赛怎么能没有我的惠恩呢？怎么能？

对，就写这个。就该写写这个。到底从哪开始，又咋个开始？我不是作家，只要写东西我就头大。我一个字也写不出来。我在电脑面前坐了一个多小时了就是一个字也写不出来。我听见柳丁从卫生间出来，低着头。她没看见我，连一眼也不看我。她回到卧室，关上门。过一会她又起来，问我她刚才有没有冲马桶？我说我不记得你冲没冲。我说你睡吧别起来了。我走进卫生间。可她还是起来了并且追在我后面。我们挤在狭小的卫生间。她没冲马桶。尿液像淡黄色的茶。我说我来吧你回去。她不说话，将我撞开，按下开关。哗啦。声音很响。她的影子在镜子里一晃。我觉得她长长的头发把她裹住了。我侧过身，她回到卧室。我慢慢走到门口，听着。我听见她躺下的呼吸。局促，凌乱，像雪地上的脚印。我说，你好好睡，闭上眼睛睡。她一声不吭。我听见她翻来覆去。我知道她睡不着。我说，你要么起来。起来吧，起来，我们一起看看电视，喝点东西？她还是一声不吭。我说我们今天输球了，1∶3，惨败。惠恩老了。我的兄弟们，老了。她忽然说话了，莫挨我讲话。她说。莫挨我讲话。她像在哀求。

我退出来，回到电脑前面。客厅电视开着，我关了声音，灯也关了。什么也听不见，墙上出现跳动的影子。我还是什么也写不出来。不行，必须写了。先写出来再说。我硬着头皮写了一行字：哈里·阿特先生，你好。听说，你女儿去世了……写到"女儿去世"四个字，我浑身发抖。我起身，回到客厅，拿起遥控器。最后停在风云足球频道。德甲，拜仁对多特蒙德。场面相当精彩。但我厌倦了，烦了。也许今天太累了，就像你一个人开了一天一夜的车。说不出的累啊。我慢慢挪到卧室门口，小声问她（我知道她没睡。她当然没睡。如果没吃安眠药哪个睡得着呢），你知道哈里·阿特吗？她无声无息。我又问她，知不知道哈里·阿特？我能听见黑暗中她虚弱的呼吸，像雾蒙蒙的早晨你看见的第一缕淡淡的孤烟。我说，柳丁，你跟我说说话，随便哪样话，我听着。行吗？我知道我本该劝劝她的。我知道。问题是，我连自己也劝不了啊。我倚着门框。灯光从我脸上划过，像刀一样。

滚。她说。

苏珊娜•维嘉， PM4:45

在我看来，伯恩利的特富摩尔主场就像科特家的院墙一样也该修修了。我想唠叨唠叨老特富摩尔的历史：1927 年特富摩尔举办首场国际比赛，英格兰 1∶2 不敌威尔士。常给我们惹麻烦的威尔士，不过苏格兰惹的麻烦更多。1954 年特富摩尔加建长边看台，随后又有了汛光灯设施，将夜晚照得如同白昼，可以放放心心踢夜场比赛了。1969 年，我记得是 1969 年，耗资 18 万英镑的木球场看台启用，附设球员更衣室，这也是全英格兰最早在看台后方设置更衣室的球场之一。1974 年是伯恩利历史上重要的一年，前首相希斯为沿用至今的卜洛特看台主持开幕，当年的看台已经能容纳 3200 名观众。历经降级、重组的伯恩利 1994 年重新杀回英超，12 月重建特富摩尔球场；1995 年 9 月 16 日，我记得非常清楚，赫尔城到访是长边看台拆卸前最后一场比赛。1996 年兴建的占士夏格维斯看台启用，第二天就把我们熟悉的能容纳 7000 人的蜂洞看台拆啦。这项浩大工程 9 月份才完工，科特告诉我，此项工程耗费 500 多万英镑。1996 年至今都过去了二十年，二十年来特富摩尔不再装修扩建。有时候，走在老旧的水泥过道里，你能闻见主看台与下侧看台之间略微发霉的潮味，你觉得这气味让你心安也让你辛酸。你对熟悉的像家一样的气味一贯如此，期望改变又害怕改变。科特倒是一个乐天派，与叫嚷着要修葺围墙不同，他一向觉得一尘不变的特富摩尔才称得上特富摩尔——我们在此消耗了大半辈子，终将消耗一生。爱一支球队，你的家乡球队，是历来的传统。这与老派的爱情颇为神似。我指的是当年约翰和我。每次周末看完球之后我们并肩回家，他揽着我的肩，让我觉得温暖踏实。他一直是个腼腆的男人，就算被直肠癌折磨得不成人形仍然用他略带歉意的目光看着我。后来我每年去他墓地三次，每次带一束科特家转角老约瑟花店的康乃馨。我祈祷上帝待他好些。不用担心他在天堂的日子比活着的时候尤其患病之后更痛苦。我返回时经过科特的院子，我时常看见他在侍弄草坪，将它剪得比特富摩尔球场还平整。他冲我微笑，装出巧遇的样子，邀请我进去喝杯咖啡。我有时会答应，有时随便找个借口拒绝。即便接受邀请我也不会待太久，最多二十分钟吧，喝完咖啡我就走。我们聊聊天气，聊聊工作。老科特人不错。约翰去世后的半年里他帮我联系了很多客户，还帮我修好了前廊踏板，每到周末就带来两块球迷毛巾邀我一起观看伯恩利的特富摩尔主场比赛。一个夏末黄昏——我记得十分清楚，那些嗡嗡的蚊虫绕着特里咖啡馆招摇，我们踩着干干净净的有些滑溜的沥青路面，沐浴着清爽的空气走回去。伯恩利不大，我和科特家距离不过三条街，他总是将我送到门口。我们并行时我感到些许恍惚，他微胖的身材和消瘦的约翰相去甚远却发生了奇妙的重叠。就在那个黄昏，那个我们去了特里咖啡馆并且伯恩利主场爆冷击败桑德兰的黄昏，我们要了一瓶科涅克。后来我让他进了屋子。光线昏暗，窗帘上有徐徐移动的苹果树的倒影。做爱过程不乏温柔和激情，过后也并未让我对科特产生恨意或眷恋。我实在不太明白我们干吗像错过采摘的苹果一样悬在半空。他离开时天全黑了，你能听见小镇上[illegible]鸟的啼鸣。偶尔有一辆汽车从屋前驶过。我记得那之后很长一段时间他兴高采烈，不断邀请我去他家里做客或者前往特里咖啡店喝一杯。我呢，忽然想拉开距离。我不知道我心里是否还有约翰的影子，我说不上来。其实约翰向来不是威胁，也不是不可卸下的负担。不是，都不是。但我说不清楚回避科特的原委。随后几周，萨丽劝我和这个还不算太老的鳏夫凑合凑合，镇上不会有人说闲话，他们时不时在我台阶上放一束鲜花呢；老科特很有人缘，熟人们默默祝福并看好我们，小教堂执事马克已经在猜测我们何时安排婚礼了。可我莫名后退，就像遭遇一条不大不小的水沟，你明明可以一跃而过可还是禁不住转身，向后走，选择新路。今天科特穿一件传统的伯恩利球迷黑白间条衫，身背3号。我们在约定的安德街街口相遇，朝特富摩尔球场走去，一路碰到熟人，他们笑着，问候，聊几句。科特按捺不住兴奋之情，告诉我今夜必将永载史册。

第8分钟。是啊。我们居然说服了这么多人。短短三天，我们做到了。协会的每一个人均表示全力支持，一传十十传百，我们得到的信息是至少三万人会在对阵伯恩茅斯的第8分钟这么干。科特冲我眨眨眼，说你想象一下吧，你想象一下。在那些立即同意帮忙的人当中，比如老菲德南·科尔，就悄声说，如果你们俩愿意让我说服更多人参加婚礼——我笑着摆手，他就噤声了。你总是这样，他说，苏珊，你总是过于谨慎，就像活在别人的目光里或总是觉得自己会给别人带来麻烦，其实刚好相反哪，没人会难为你。你就不试试？我说租车行的生意越来越不好做，留下的年轻人在减少，而他们又大多购买了自己的车，分期付款的让利优惠越来越大，遑论那些特别会做生意的日系车销售门店。我总能找到说辞。是的，约翰把很多东西带走了，我给人的印象是我活得挺惨，捉襟见肘。实际上，难以自理的是约翰不是我。他们全错了。我计划下半年找一家距离科特的老院子稍远的房子开家分店。我有我的生活啊。我51了。这不是一个让人着急上火的年龄。我心血管没有问题，除了卵巢上有一个也许无伤大雅的囊肿。我们走进特富摩尔时，看台上已经坐下大约一万名观众。我的心怦怦跳。科特兴奋地说其他人比我们还激动呢。我们在1号看台坐下，这是本赛季的固定位置。12排13，14号。每两周或四周坐在这个身上散发着淡淡咖啡气息的男人身边并非坏事。是的，在特富摩尔看台，他让我感受到的气息绝非在他院子里可比。我偶尔想起那个夏日黄昏，那个有些笨拙和鲁莽的黄昏。我知道他想重现它，直到我们之间最终稳定下来。但我一概拒绝了。并非身体丧失了欲望，而是我不想急于处置自己。我时常感到匮乏无力，就像一桩未经上帝许可的罪。两个月前伯恩利又在特富摩尔主场赢球了。科特激动地邀请我去了特里咖啡店喝了咖啡，又喝了科涅克，随后小心谨慎却又相当自信地将我送到门前。这回我喝得不少，却没邀请他进屋。他有些茫然，借用一下洗手间也不行？他开玩笑说。我摇摇头，他看出我态度坚决。我累了，科特。刚才庆祝他们进球的时候太使劲儿了。他失望地退到人行道上，两手插在兜里，看着我。我开了门，进屋。透过窗帘，我仍看见他在路边站着。忽然，他唱起主队歌曲，《伯恩利英雄》。我躲在门后，听他唱完。他拍了拍手，如同向主队致敬一样，低声说，晚安，苏珊。我几分钟后开了门，他已经不在那儿了。连续几个周末他没来电话邀我前往特富摩尔。我以为他不再搭理我了。又过了一个星期，他清晨就给我打来电话，说下午主场比赛前他会为我准备一份橘汁苏打水，他会在老地方——安德街街口等我。我说，好的。他笑了。那天我们看完球仍在安德街分手，他说，没事就来我院子里喝咖啡。我说，好的。我们微笑着道别。现在，拥入球场的主队球迷越来越多，大部分人我都不认识，但看着眼熟，一些人冲我微笑，笑容沉静友好，透出平常少见的你只能在圣诞节打折季才能见识的兴奋劲儿，就像我们聚集在伯恩利小教堂聆听神父布道之后那几分钟。我认出乔恩娜和她丈夫安迪，他们吃着爆米花进场，问我最近生意好吗？后来又有人大声问好，是老得很快的大卫，他也死了老婆，那是去年的事情了，但他每两周的主场之战从不缺席。他用力冲我挥手，你的主意真棒，真棒，苏珊。他说。我的心跳得更厉害了。他问我认识那个小伙子吗？我没反应过来。阿特，他说，哈里·阿特。我摇摇头，说我只在电视上见过他。对，电视。他说，我们都看了，我特地从网上看了英超特辑，瓜迪奥拉真不错。科特和他拥抱，互相拍打肩膀。他们很早就认识，是同一所中学的校友，只不过科特比大卫低三届。别忘了我，科特说，是我带着苏珊挨家挨户敲门，他们都以为我是来邀请他们参加婚礼的。他们哈哈大笑。这不是一个低劣的玩笑，我也笑了。之后大卫告辞，走向2号看台的固定座位。他在9排，更靠近球场。人越来越多，很快将特富摩尔填满了。比赛之前有人开始高唱《伯恩利英雄》，越来越多的人跟唱。空气里飘荡着晚餐啤酒的气息。歌声嘹亮雄壮，夜空像淡淡的紫罗兰花蕊，星星时隐时现。没有风。不热也不冷，这么好的天气来一场英超比赛再合适不过啦。很快，双方球员进场热身，我一眼就认出他来。科特也指给我看。我发现他不苟言笑，认真地做着热身。他很结实，身材挺拔。我发现我们周围的人，无论认识的不认识的都有些紧张。又激动又紧张。你能感受到某种难以言说的气息在每个人之间悄悄涌动，就像新婚之夜的新娘等待新郎。比赛开始后很多人自发站了起来，《伯恩利英雄》不绝于耳，渐渐响彻云霄。前几分钟通常小心翼翼，互相试探。我一直盯着他，死死盯着。他没有多少机会，表现中规中矩吧。科特瞧了瞧我。我也瞧了瞧他。站着的人们依然站着。我真担心他们把第 8 分钟忘了。然而我们也一直站着，一直未曾坐下。第 7 分钟，第 8 分钟。所有人，不知谁带的头，也许科特，也许大卫，也许劳埃德，也许安迪，也许就是我自己。我们全部站得直直的，集体拍掌，掌声越来越有节奏，啪啪啪，啪啪啪，啪啪啪，然后不约而同呼唤他的名字，场上 8 号，那小伙子，来自伯恩茅斯的小子，阿特、阿特、阿特、阿特……特富摩尔就像伟岸的山谷，掌声呼唤声仿佛从它屹立伯恩利之日就响起来了，一百年间从未停息。我发现科特眼里绽出热泪。我身边一个身材高大的中年女人也飞快擦了擦眼角。一股热流在我胸膛间激荡不已。我尽可能大声喊着，尽力气鼓掌，拍出或跟上所有人——也许 5 万人的节奏。啪啪啪，啪啪啪，啪啪啪，阿特，阿特，阿特。哈里·阿特停止奔跑，或者说，忽然放慢了脚步，向我们所在的主看台一侧靠近了些，站下来，深深鞠躬，再转身，向对面看台深深鞠躬。比赛并未中断，但整体攻防节奏在这短短一分钟内忽然慢了下来，像魔法师同时为我们的主队及伯恩茅斯客队施了魔法，让场上的对垒必须听从于特富摩尔的号令与呼声。我们的掌声、喊声整整延续了一分钟。之后在一片更大更响的掌声中消失了。所有人同时坐下。我看见哈里·阿特再一次鞠躬，眼里泪光闪烁。我擦了擦眼睛，抓住科特的手微微发颤。我知道科特偷偷吻了我并且说你真棒。我一动不动，被前所未有的海蓝色的热流带向某个远方，带向约翰离世的下午，带向科特慢慢挪动苍白而肥胖的小腹的黄昏，带向三天前我脚底吱吱作响的砾石小径，带向那只也叫蕾妮的花白小猫。带向一切。我闭了闭眼睛又睁开。科特紧紧揽住我的肩膀，两队拼杀激烈。我情不自禁向他宽大的肩头靠去，以便让自己久久无法平静的内心找到一个小小的带着咖啡香味的支点。

李果，AM 3:45

儿子的喊叫把我惊醒了。我看表，3 点 45，一分不多，一分不少。他差不多每天晚上这时候饿醒，头一件事就是哭着喊着要奶吃。多大的孩子啦！快三岁还这么闹腾。媳妇熟睡不动。我没叫她。不用叫。我睡得浅，起来不算费劲，况且媳妇最近不太舒服：感冒、头疼，又赶上大姨妈来了，痛经严重。我猜她刚睡一会儿。

果然，她用困得要死的声音说：“一百八。”

我拧亮台灯，找到奶瓶和热水。一百八，即一百八十毫升。他平常夜里一百二管够，这都能吃一百八了！

兑好奶瓶，我摸了又摸，不烫，不凉，凑到儿子吧嗒吧嗒的小嘴面前，塞进去。这小子像小狼似的一嘴叼住，扑哧扑哧吮吸得无比欢实，就像饿了三天三夜。我就着微暗的金色灯光瞧着他，小脸圆滚滚的，两眼紧紧闭着，腮帮子上下鼓动，两个小鼻孔像小风箱似的呼呼喷气。能两手抱住奶瓶大吃大喝了。我瞧着他一气吞下一半多，然后我绕到床头，上床，关掉台灯。

手机突然响了。还好，开了震动。

我拿上手机直奔客厅。是本杰的电话。我没开灯。

“睡了？”

“废话。都几点啦。”

“我知道。我知道你们都睡了，老李。”

“出什么事了？”

“我闺女，”他说，“走了。”

有淡淡的灯光透进落地窗帘。我一个字也说不出来。

“解脱了。”他又说。听上去，他相当平静。

“本杰，你慢慢说。”

“三岁八个月。还好。不然，你说，她今后咋办？”

是罕见的某某细胞肿瘤，从娘胎里带来的，病因也许是柳丁抽烟，也许是本杰酗酒。也许吧。谁知道呢？没一点办法。他和柳丁尽力了。尽力的意思无非人财两空。我知道他跟张勇借过两三万。可他从没细说。我见过他闺女小麦子，一个活蹦乱跳漂亮极了的孩子，像她妈，只有眼睛像他。

“莫急——”

“我不急。人都走了，还急哪样？”他笑了，“后天比赛你来？”

“来。”

“雄冠要组织联赛，你跟王重、张勇通通气，尽量报名。”

“本杰。”

“我前天晚上找着我们惠恩几年前比赛的照片。”

“哪年？”

“2008年。对，2008年。一身红。像他妈曼联红魔。”

“对，惠恩红魔。”

“我们两个蹲前排，搂肩搭背。你狗日的头发还长呢。这两年，掉光了。”

我一声不吭。

“你儿子还好？”

“还行吧。”

“要好好对他呀。”

“是。以后，让他踢球。”

“不光踢球，我的意思是——嗨，你懂。”

“本杰。”

“我没事。”

“多陪陪柳丁。”

“你睡吧，接着睡。不好意思啊，老李。”

“你废话。”

“那就，后天见。”

“后天见。”

他挂了电话。

外面很黑，没有月光。远处的汽车马达声模模糊糊。小区花园里似有虫鸣，但仔细听又没了。非常安静。非常非常安静。我在客厅里呆坐了很久才回到卧室，小心翼翼凑到儿子那边，伸手，摸着他吃饱喝足的脸。天使般柔嫩的小脸呀。我想起哈里·阿特，想起本杰。我在床边跪下来，尽可能离儿子的小脸近一些，再近一些。老婆发出匀细的鼾声。我能闻见儿子带有奶味的香甜呼吸。他熟睡的时候，喜欢举起两个小小的拳头。

本杰，PM2:36

哈里·阿特先生，你好。

我是来自昆明惠恩业余足球俱乐部的教练本杰。我姓刘。你肯定想不到，我，一个中国的业余教练，会给你写信。其实，我也不知道干吗要给你写信，也不知道你能不能收到这封信，而且，是用中文写的信。我投的是你们俱乐部官网上的邮箱，你能收到吗？

你的故事，我从电视上看到了。我非常难过，但是，我为你感到自豪。你和瑞秋，已经恢复了，有了新的孩子。你真的非常勇敢。我非常钦佩你们……我……

我忽然写不下去了。然后，我按着删除键，一个字一个字删得干干净净。我听见柳丁下了床，走进卫生间，撒尿，冲马桶，走回去。我听着，没法动弹。然后我关了电脑。写这些东西有鸡巴用？人各有命。都是命。死了的，再也活不了了。活着的，怎么可能活得好好的？

王重， PM 6:17

哈里·阿特。我算记住这个名字了。他场上位置和我一模一样——后腰。这小子作风够硬，把鲁尼扛得人仰马翻。这场野球我决定踢一回前腰，让许阳从左后卫位置顶上后腰，让本杰踢左后卫。本杰多久没上场了？他这一大堆麻烦事啊。

对手一般般，我想，怎么踢也不至于输。这种球我们经历无数。现在对手陆续到了，我们还差小宝、小蒋。我们换了蓝色球衫，白色短裤。有两三个穿的是黑球袜，本杰问他们咋不穿白球袜，他们说洗了，或找不着了，黑就黑吧，反正衣服对了就行。本杰说你们这些狗日的也太不注意仪容仪表了，黑球袜蓝上衣就好比美女穿着大裤衩上大街呢。你们咋个想呢，有没有脑子？被骂的罗坤、水阳、桂子嘿嘿傻笑。之后我们围成一圈遛猴，热身，射门，再之后，上场比赛。

对手一身白。从衣服到球袜，太阳照上去闪闪发亮。我被晃得眼晕，直接影响发挥——几次长传偏得离谱。杀手李骂我狗日的。我不停擦汗。海埂基地辛辣的草皮味打在脸上像开水一样滚烫，像一大波小蠓虫糊住眼睛。我没怎么跑。我不是牲口一样的杀手李。你要是把球场扩大三倍也不够他跑的。我看着左后卫本杰，他拖着老黑熊似的身躯和黑亮如灯的大光头，慢得像头驴。我死死盯着他。他防守的左路成了对手攻击的薄弱地带，前锋、前卫接二连三突破他并且很快丢球了。他冲张勇和杀手李挥挥手，撑着膝盖嗷嗷喘气。桂子将他换下。还好，杀手李真不是吹的，很快扳平比分，而且十分钟内又进一个。2:1。我说过惠恩输不了，也不会随随便便就输。有杀手李在，我们心里都踏实。

下半场本杰又上了十分钟。这回体能好点了。

他追在雪白的7号小子屁股后面，在大禁区边上把他放倒了。直接任意球，彭翔疏忽大意，让10号小子一脚低平球破网。没事，我说过我们有杀手李。他会继续进球只要喂他几次直塞。哪怕没有直塞只有中前场的横传倒脚，他总有办法——速度、技术没的说。不着急。而且，我明明知道大伙对今天比赛的结果根本不看重。还从来没像今天这样对一场周末野球毫不看重。也许只有本杰一个人看重。这头大黑熊呀。他真黑，太阳照在源源不断的汗水上面，就像照在雪亮的锈铁皮上，他浑身透湿，移动越来越慢。十分钟后他又下场了，桂子拍拍大肚皮再次上场。杀手李果然打进一粒漂亮的远射。2:2。本杰脱下蓝球衫，站起来，像平时那样，冲每个人大喊大叫，让我尽量传球快些，再快些，杀手李别他妈老是带球带球，多传多跑呀。

海埂3号场回荡着本杰的吼声。从上场到现在，他仍然是本杰，二十年前的本杰。他踢得很烂，但每场必到。他喜欢充当教头，那就当吧。反正惠恩缺个教头。最后一刻钟我真是累了，杀手李和小孙各进一个，4:2了。我申请下场，刘磊替我上去直奔前腰。我坐到本杰身边，闻见他一身汗臭。

“最近咋样？”我说。

“忙活雄冠的比赛啊。”他瞅瞅我，又瞅着场上。

天上的云彩比对手的白球衫还白。桉树纹丝不动。没风，是昆明少有的大热天。还没到夏天哪。

“我问的是——算逑。”我说。

“七支队报名了。”他说。

“动作挺快呀。”

他笑了。

“你们咋说？”

“你说呢？”

“我咋个晓得。”

我看着他，又转头看看场上。比赛已经枯燥无味。

“最近还喝酒？”我说。

“没喝。跟哪个喝嘛。”他说。

“上次惠恩拿了都市周末擂台赛第三，你喝醉了。”

“记得。”

“你他妈真胖，十个人也抬不动你。”

他又咧嘴笑了。

“我们把你从一楼抬到二楼，累个半死。马上输液。你狗日的突然醒了。你嚷嚷着回家，回家。”

他还是嘿嘿笑着。

“我们把你塞进张勇车后座，三个人挤前排副座，两个人跟你挤在后面，站都没法站。到你家楼下，两个搬脑袋，两个搬大腿，再来两个托中间，硬是把你弄上六楼。我操，六楼！你一个胖子住那么高干哪样？不累？你他妈是不是故意的？你知道早晚大醉一场？”

他还是咧着嘴巴嘿嘿笑。杀手李又杀入禁区了。射门高得离谱。

“那天，就是那天晚上，你婆娘挺着个大肚子，问我们，咋要让你喝那么多。我说，你自己要喝，拦不住。”

本杰扭头看我。

“那时候，我闺女还没生呢。”

我赶紧岔开话题。

“杀手李今天状态一般。”

“他累啊，天天半夜起来给儿子喂奶。”

“他喂奶？掏出奶子喂奶？”

他哈哈大笑。

“狗日的。”我说。

“杀手李也会老啊。”

“是啊，他也老啦。哪个不老？”

“他儿子两岁？”

“两岁半啦。”

“你儿子呢？7岁？”

“马上8岁，二年级。”

“哪个学校？”

“高新一小。”

“二年级？”

“是，二年级。”

“个子咋样？速度快吗？”

“上次，我们吃饭那次，你见过啊。你见过。

还行吧。不，我才不让他踢球哩。搞搞电脑，学学外语，将来——”

我突然意识到自己说错话了。

干吗总说孩子？

“是啊，我见过。小胳膊小腿，瘦。你这个爹咋当的？让他多吃啊，使劲吃。”

“本杰。”我说。

“嗯？”

“莫乱想，会好的，都会好的，没事。”

“我没事啊。我也没乱想。”他说。

他眯着眼睛：“你要让他多吃。懂吗？你看看杀手李的儿子。”

“才两岁半嘛。”

“两岁半就像三岁半一样。就像小牛犊一样。”

“本杰。”我说。

“是踢球的料。你儿子呢？你确定，不让他踢球？”

“本杰。”我说。

他不再说了。

比赛结束，我走向停车场，本杰大声问我干哪样，我没回答。我打开后备厢，将那东西拽出来，重新回到球场。兄弟们大口喝水，湿漉漉地坐成一排。我将手里的东西放在草坪上。是一只书包。我搁在车上的不大不小的一只蓝色双肩书包。我儿子用旧了想扔，我没舍得。我拉开拉链，敞开。它像只硕大的比本杰大了好几倍的嘴巴面朝太阳。张勇和杀手李站起来了，冲大伙拍拍巴掌。兄弟们放下矿泉水瓶，一个个起身，从行头里掏出钱包，走向那只大大的灰色嘴巴。他们无声无息、有条不紊地将手里的钞票像播撒种子一样洒撒进去，就像下起一阵红色的雨。

本杰一脸茫然。

杀手李走过来，揽住他。

“比赛我们必须参加。”我说。我提起书包，杀手李从我手里接过它。它挺沉的，像装着石头。

“拿着。”杀手李交给本杰。索性，直接挎他胸前。

“操，参赛费不用那么多啊。”

“拿着。”

本杰呆站着，半天才把它从胸口取下来。

附：关于《哈里·阿特的九个瞬间》篇外

清白

本杰在巴西世界杯期间拿到本杰·凯西的诨名。嗯，45岁的本杰一颗大光头，黑得像黑人，尼日利亚教练凯西像他孪生兄弟。再说，他一直是我们惠恩足球队的挂名教头。你上哪找这么牛的诨名？

挂名教头，相当于自封的。

现在，本杰·凯西瞪着水汪汪的牛眼。“最后一回。参加，还是不参加？”他说，惠恩平均年龄43，再踢一届擂台赛得感谢上帝——几个主力还能跑，不亚于三十出头的小子，何不拼一把，最后一把？大不了小组垫底，明年转战都市周末中老年比赛，不丢人。

“狗日的，多少参赛费？”桂子说。

“5000。”

“你抽多少？”

“不拿惠恩一针一线。”本杰·凯西的大光头闪闪发亮。红塔基地的小叶草比海埂基地的更硬些；球门孤零零站在远处；草地上有深深浅浅的伤痕。

除了带走胜利，我们还留下点东西。要么汗，要么血。

“一个队三成，拉十个队入伙，顶公务员三个月口粮啊。”

“你狗日的眼里只有钱。”

“我不缺这点钱。”

本杰·凯西像孩子一样无辜。

我们望向张勇——球队赞助人兼主力前锋。掏腰包的是他，不是我们。

他挠挠头，看着本杰·凯西：“你真是尼日利亚人搞出来的？”

本杰·凯西呵呵傻笑。

“行，参加。”张勇说。

“老板硬是老板！”

“都是二十郎当的小杂种？”

“二十四五。”

“操，要老命哪。”

“最后一次，我拿老二担保。明年报名都市周末中老年组。”本杰·凯西说，“兄弟们，莫忘了惠恩拿过擂台赛第三。”

谁也忘不了。那是十年前的惠恩，我一人包办三分之二的进球。那时候状态好得吓人，没人拦得住我。他们送我杀手李的绰号，还有人叫我小李飞刀。

“狗日的，你就为了钱。”桂子说。

“兄弟，我还真不是为了钱。”

我们收拾行头。这场野球[①]顺利拿下。惠恩的周末野球一向胜多负少，我觉得我还年轻哪，还能撒欢飞跑，还能攻城掠寨。就算老了，也该保持一支曾经的昆明业余强队的体面。但是，面对平均年龄 25 岁的擂台赛小子，谁都没底。我没底，他们更没有。狗日的挂名教头本杰·凯西，你哪来的底气？

张勇悄悄告诉我，同意参赛的理由只有一个：本杰·凯西的 3 岁女儿重病。除了他，本杰·凯西没告诉任何人，更不希望兄弟们捐款。他不需要可怜。

嗯，本杰·凯西干过会计，油漆匠，供销社职员，卖球票的黄牛党，酒吧小老板，蔬菜批发商……现在是蓝马体育公司销售员，组织各类比赛。八年前他成了惠恩的挂名教头，那时候惠恩刚与一支差劲的 97 联队完成重组。这个大黑胖子说他有能力带领球队跻身擂台赛四强（后来果然做到了。不是他的功劳，是惠恩实力强大）。他兼任 97 的领队和替补，他带来四人入伙，其中阿 Q 、小宝后来慢慢坐稳主力位置，我将在今后的故事中一一说到他们。

33 岁那年，本杰·凯西当上一家酒吧的小老板。小宝至今记得那个位于火车南站的黑猫酒吧：

① 野球，昆明话，是非正式比赛邀约的业余对抗赛。昆明每周大约有 30 场野球，60 支球队活跃于海埂和红塔基地。

门脸很窄，店面很黑，桌子椅子也是黑的，充满啤酒和干冰的臭气；老板本杰・凯西兼任歌手，每晚九点登台，用一把嘶哑的嗓子模仿张国荣。那时他的体型比现在大三倍，刚剃了光头，穿一身廉价白西装，酷似美国骚灵歌手。客人们操起酒瓶敲桌子，吹口哨，尖叫。他闭着眼睛，毫不搭理台下的男男女女。后来的某一天，一个送他玫瑰花，要他睁开眼睛连干七杯的四川女人成了他的女人，她借助本杰・凯西的地盘做起啤酒生意。那时候她35了。周末，他们一起出现在海埂或红塔，他偶尔客串左后卫。高莉用她标准的四川话为他叫好，“要得哟，本杰！”“铲噻，铲死他噻！”……

我们怀着某种悲壮上场。对手顶多二十一二，一帮老家伙哪扛得住？上半场连丢三个，下半场再丢两个。我破天荒没能进球，这在我的足球生涯中相当罕见。我们气喘吁吁下了场，本杰・凯西缩在替补席上，大光头亮如钢盔。小蒋走向他：“狗日的，这种球，有意思？”

“自取其辱呀。”小孙是球队唯一的80后，累得像条狗。我大口喝水，瘫在替补席上。我拼命了，一再被后卫们抢断成功。你老了，再不是小子们的对手。唯一能安慰自己的就剩下你好歹还站在场上，还能让对手重点盯防。不是没有机会，可就算破门，除了证明老家伙们还有两把刷子，还能怎么样？还想拿下比赛，杀回前四？

“我操！”小宝低着头，汗水漫过下巴砸向草皮。

“我操！”张勇脱掉球衣，擦拭圆滚滚的啤酒肚。这一仗，彻底暴露了我们曾经拥有但永远失去了的东西。

“早说了不要参加。”桂子说。

“都他妈凯西惹的祸。”罗坤说。

“操，凯西不是从前的凯西了。”金成说。

本杰•凯西笑嘻嘻的：“要不是杀手李没进球，我看比世界杯小组赛一点不差。”

“去你妈的。”

“操，”我说，“这帮小子，脚踩风火轮哪。”

“有种，你自己上。”桂子说。

本杰•凯西摸着大光头，像要把它擦得更亮些：“毛主席教导我们，重在参与，锻炼队伍。”

“四十老几了，还锻炼个逑。”

“出汗第一，比赛第二。”本杰•凯西为我们分发矿泉水，大黑脸上挂着标志性微笑。

“建议下一场凯西一个人上。”

“行，我一个人代表惠恩。”

“你眼珠里没有惠恩，只有钱。”

“老子没捞惠恩一分钱。”

他像真正的凯西那样安抚每一个球员。这种时候，谁也不会给他面子的，除了张勇。

“行啦行啦，抄家伙，洗澡吃饭。”张勇踹了踹本杰·凯西的大屁股。

嗯，本杰·凯西11岁那年没能入选古幢小学校外班——省少年体校与学校联合组建的少年足球队。算起来，他是高我六届的师兄，区别在于，我当年是古幢校外班主力，我们打遍昆明无敌手。江湖上却从未听说本杰·凯西的大名。相传他9岁迷上足球，每天在水泥操场上摸爬滚打，模仿肯佩斯磨炼左脚。校外班挑选球员那天，他迟到了，随后的测试一团糟——绕杆射门二十七秒，五次射门仅入一球，颠球列十九名参考学生的倒数第二，只有十三个。他垂着脑袋，走出学校大门，直到1路车站台才哭出声来。

“都怪那双鸡巴球鞋！”三十年后，他告诉我当年那双鞋是他跑到校外三公里买的青岛双星（白面黑底，十二粒胶钉，我闭着眼都能看见它），他花了八块五毛钱，平时省吃俭用攒的零花钱。新鞋从来不合脚，你非得磨它十次八次才乖乖听话。就这样，他穿着新鞋跑回来，迟到二十分钟，错过了进入半专业球队的唯一机会。

“为哪样不穿旧鞋？”

“通洞了，三大个！早认得，老子光着脚板上。”

事实上，你看一眼球场上的本杰·凯西就知道他为什么落选了。左脚马马虎虎，其他一无是处，而且慢得像死狗。这水平想进校外班？笑话。

再后来长成一个大胖子，更没指望了。他说当年在红塔擂台赛上对阵惠恩，他负责盯防我，被我连过十九次。

“你记得吗？”

“不记得。”

“97联队每周六在玻璃厂摆擂台，胜多负少。”

“你以为我会相信？”

他咧着嘴巴大笑：“莫以为足球场是你杀手李一个人的。也是另外十个人的。”

“是我的，不是你的。”

“你的就是我的。”

我笑了。

那孩子得了什么病？

张勇透露说是罕见的脑瘤。原因在高莉——她15岁开始抽烟，积攒二十多年的尼古丁污染了卵子，后来，这个小小的污点伴随一个新生命孕育长大。没办法，没有任何办法（我曾经把它写入另一部小说《去年冬天》）。孩子确诊那天，本杰·凯西去了红塔要求上场。回到家，天黑透了，高莉抱着孩子坐在黑暗中。

“咋不开灯？”

高莉没回答。

他放下行头，走进厨房。没吃的。冰箱里只剩一棵过期大白菜。他问她："吃哪样？"高莉仍不说话。他走回来，打开灯。光线洒在女儿脸上。他跪下来，抚摸孩子。她醒了，睁大眼睛望着他，张嘴笑啦。你哪看得出来是个病孩呢？但就在后脑勺位置，你能摸到一个鸽子蛋大小的肿块。他撅着嘴，来回拱她的小脸。

"吃屎。你去吃屎。"高莉说。

他淘米煮饭，又去超市买了鲜肉和青菜。他动手为一家三口做吃的。高莉一直抱着孩子呆坐。从厨房看过去，娘俩像一座黑乎乎的山。屋里有种陌生气味，冰冷、腥臊，像破铜烂铁。后来她说，她打听到有个大师呢，要不试试？他说，好啊，好。有希望，肯定有希望。

"逑希望。"高莉说。

"西班牙最后时刻还绝杀荷兰呢，更莫说当年德国队落后法国也要扳回来。"

"你吃屎吧！"

"要能救她，我天天吃屎。"

"本杰啊，狗日的本杰。"

"星期天跟我上红塔。你很久没去，兄弟们想你啊。"

"你抱着足球当你姑娘算逑。"

本杰·凯西呵呵傻笑。

次战，对手平均年龄不到30，穿巴萨的红黑间条衫，中场几个小子棒极了，还真有点哈维、伊涅斯塔的影子。我被盯人中卫看得死死的，全场只有三脚射门。我气急败坏，恶狠狠骂娘、骂裁判、骂队友。下半场，门将彭翔出现三次低级失误，0∶3。暴烈的太阳要将我们这把老骨头活活晒死。

闷头喝水。

本杰·凯西晃荡着，安慰每一个人。那点嬉皮笑脸的伎俩让人恶心。

“没事，兄弟们，表现很好，很好，也就中场没顶住。但是莫忘记我们后腰小蒋的肚子快赶上怀胎九个月的婆娘了，更莫忘记，中场那三个小杂种是从上海上港后备队空降的，才 19。”

“狗日的！”桂子说，“你让我们跟中超预备队的小杂种打对攻？”

“操，防反！看吧，上场前我咋交代的，全他妈白说。”

事实上，他上场前的安排全当耳旁风。他做不了主，做主的是我和段凡。

“防反？光顾着防了，哪有反？”

小宝、阿 Q、罗坤、张勇、谭荣，都垂着脑袋。我们亮出臃肿的肚皮、坍塌的胸脯、松软的大腿。我们像一群养老院里的人。

“当然有，”本杰·凯西说，“你没看见杀手李——”

“操，”我说，“一共才射三次，全他妈打飞机。”

“昨晚肯定射你婆娘了。”

“你让我咋个对付19岁的小子？”

“平均年龄32！”

“凯西，你瞎了？”小蒋说，“我们是所有参赛队里最老的吧？”

“倒数第二老。”

“我操！”

“出汗第一，比赛第二。”

“下一场，你上。”桂子说，“你收了张老板的钱，有义务上。”

“又他妈谈钱。”

“不谈钱谈哪样？收钱的是你，遭罪的是我。”

“兄弟们，兄弟们！最后一次啦，在你有生之年再也不上擂台赛了。在你火化之前这是最后一次和职业小子过过招。惠恩咋能随随便便输球？只要技术对头，战术对路，惠恩不惧怕任何对手——包括德国队。”

一片哄笑。这就是本杰·凯西。他总能让你像个傻瓜一样笑出来。

“下一场，小组赛最后一战，兄弟们，当决赛踢吧。为尊严而战，为惠恩而战！兄弟们，请带上老婆孩子来加油助威吧！”

嗯，41岁那年，本杰·凯西和高莉领了证。

此前，他的黑猫酒吧垮了，高莉回四川混两年又回昆明。酒吧关张第二天，本杰·凯西奔赴球场；两周后，高莉给他发了条短信就走了，他上场客串前锋，想把自己累死；两年后，高莉回来，他还是冲上球场。我记得那天的对手很烂，本杰·凯西出任前锋打入一粒头球，我们用嘹亮的嘘声祝贺他。

那天晚上，张勇将他送回白马小区。本杰·凯西要求张勇跟他上楼——他很害怕。他掏出钥匙，还没插进锁孔，门开了，高莉站在门后。她的脸像水豆腐一样细滑，看来四川真适合女人待着。本杰·凯西张大嘴巴。张勇说这下好了，老光棍得救了。高莉说那可不一定，他要是光惦记足球，我还会跑。本杰·凯西说我为你唱首张国荣吧，《风继续吹》。高莉笑了。张勇发现高莉挺漂亮的，尤其鼻子和下巴。他向他们告辞。高莉说我都做好饭啦。张勇说那绝对是两个人的饭嘛，不够吃。本杰·凯西进了家门，就连窗台上的墨西哥仙人掌都和两年前一模一样。原来那棵，早死了，扔了。满屋子的红烧肉香。

他照例每周奔赴红塔，大多数时候上不了场，老老实实待在场下当他的挂名教头。高莉偶尔和他一起来。他们坐在替补席上，他硕大的身影罩住娇小的她，像极了美国南方种植园的葱茏夏天，老黑奴守护着嫩秧秧的大小姐。

我们都记得领证的第二天，本杰·凯西派自己首发，撒丫子跑啊，跑啊，最后瘫倒在地，冲着太阳嘶吼。

小组赛最后一战，对手顶多平均二十六，听说有两人在山东鲁能试训。又是空降兵。红塔擂台赛真不能参加了，虽然我们拿过第三，虽然当年牲口一样凶猛。

球丢了。被压制，被狠狠压制……一上手，你就知道你输定了。但不能放弃。这是唯一的足球真理。对手不再盯防我。在他们眼里，我和我的队友不过是酒囊饭袋，就算昔日的杀手李还能冲锋陷阵又如何？再说了，真听说过惠恩李果的大名？

不到二十分钟，彭翔的城池两度失守。此后我获得一次前场机会，摆脱后卫直接轰门。太偏了。后卫小子满脸不屑。惠恩老迈的后防线挺过十分钟，之后连丢两球。0∶4，中场休息，我连骂人的心情都没了。本杰・凯西拽住我们，让喊一嗓子。好吧，主力替补围成圈，每人伸出右手。“一，二，三！”本杰大喊。

“加油！”

本杰・凯西的手按在我的手上，烫得像火。

嗯，那天我们在红塔分手，本杰・凯西回到家，孩子睡着，她似乎永远睡不够。高莉把饭菜端上来：青椒肉片，酸菜炒藕，白菜豆腐汤。他喜欢高莉的手艺，当年她要不会干这个他才不会要她。当然啦，她在床上也干得很好。

“我约好大师了。”高莉说。

“好。”

“好？”

“好，就是好嘛。”

“她是你亲亲的闺女。”

他没吭声。

“我看你就晓得两样事：吃饭，踢球。”

“还有第三样——干你。”

“干你妈！”她说，“到处花钱，到处。我去卖肾给她治病算逑咯。卖身你肯定不答应。”

他从兜里掏出一沓钱，像一坨石头躺在他的大黑巴掌里。他将它摊在桌上，软塌塌的，带着体温和汗水，像暗红的血。

“哪来的？”

“奖金。”

“哪个奖给你哟！”

“惠恩是擂台赛第三十支球队。第三十。老总答应的，凑够三十奖五千。”

“你哄鬼。”

“不止三十，都三十七了。我召集的，我找来的。”

她一声不吭。

“一共八千。还有三千张勇给的，他自己给的，他非给不可。”

她轻轻叹气。

下半场继续被动，头十五分钟再丢两球。惠恩差不多崩盘了，我喊破喉咙也没用。我们这群老家伙再也找不到对付年轻小子的好办法。尽管，他们技术很糙，比我年轻时候糙多了，可再糙也有体能，他们像风一样追着你，缠着你。最后十五分钟，段凡累傻了，小蒋挺着大肚子骂娘，桂子狠狠啐口水……快结束吧，快点结束吧。我望向场边，本杰·凯西被一件屎黄色T恤紧紧裹住，大光头亮得惊人。

我暗暗诅咒。

本杰·凯西自行替换左后卫谭荣上场。

张勇望向我，我望向段凡，段凡望向张勇。通常情况下，正式比赛从来不让本杰·凯西上场的，除非我们疯了。

他披挂惠恩的橙色13号直奔左后场。跑得很慢，大肚腩来回颤抖。好吧，最后十分钟，还能输到哪去？

嗯，三天前，就在小组赛最后一战的三天前，张勇和本杰·凯西在白马小区喝酒吃肉，大约晚十点才分手。白马东路空空荡荡，本杰·凯西踩着自己的影子回家。屋里很黑，他打开灯，高莉和孩子不在。

对，哪儿都不在。

他坐进沙发，打开电视。巴西世界杯决战前夜，央视记者带他去了柏林，又去了布宜诺斯艾利斯。

沸腾的人群穿着蓝白间条衫，很多人身披10号——马拉多纳的字样清清楚楚。他回到二十八年前墨西哥城的酷热夏天。他从厨房找到散装苞谷酒，味道很冲。他倒了满杯，小口小口喝它。后来脱得只剩裤衩，与疯狂的阿根廷球迷一起举杯。没有高莉和女儿的家相当大，比球场还大。喝到第六还是第七杯时，他似乎睡了，突然被球迷的喧哗惊醒。他吧嗒嘴巴，摸了摸脸。

高莉还没回来。

他晃到客房，翻出当年的白西装，套上，走回来。他关了电视音量，打开CD，找到张国荣的《风继续吹》。电视上，一伙阿根廷球迷跳上大巴出发了。“风继续吹，不愿远离……”还是那么嘶哑，好在咬字清晰。后面的间奏浑身冒汗，白西装烫得像烙铁。皱巴巴的，该好好洗洗，熨平。门开了，高莉抱着孩子，踩着几个琶音闯进来，带着凉飕飕的风。

他的心咚咚跳。

白西装，大黑腿。

“去哪了？”他说。

她踢上门，抱着孩子直奔卧室。

他又说：“去哪了？”

“脱下来，”她说。“把你这身烂行头脱下来，戳老子眼睛！”

他一动不动。

“喝酒了？”

“喝了。”

“为啥子喝？”

“想喝就喝嘛。”

“咋不想死就死撒？”

“我死了，你咋办？”

“你死了老子回四川嫁人。嫁个有钱的，好歹嫁个靠谱的。这种男人，用撮箕装，用卡车拉，多得很！”

“开灯？”

“不开！”

他看不清楚她和她身边的孩子。昏暗中继续传来那股气味，像烂牛皮发出来的。

“瘦咯。”她说，“你胖一点好看。”

他抬起两臂：“洗洗？”

“洗哪样洗，你还有机会穿？扔了，扔了算逑。”

她掩上门，将本杰·凯西赶回客厅。他躺在沙发上，电视关了，灯也关了。他接着喝酒。舍不得脱下白西装，它发出淡淡霉味、烟味和潮味。卧室的门紧闭着。屋里越来越暗。他睡不着，很远的地方传来脚步声，哭声。凌晨三点，他睁开眼睛，打开电视。

是的，世界杯决战，德国对阵阿根廷。屏幕亮闪闪的。德国佬穿上白球衫，阿根廷一身靛蓝。1990 年老马率领的阿根廷败给德国，不就这身行头？蓝白间条衫才属于肯佩斯，属于阿根廷嘛。德国这帮杂种。国际足联是狗操的。老马墨西哥捧杯像上辈子的事了。足足二十八年。二十八年前哪像现在这么胖？还能跑，跑得飞快，风一样快。要是左脚继续练下去没准是另一个梅西，掀翻全昆明的小子。深蓝阿根廷丢球的时候他张大嘴巴，天空渐渐苍白，像孩子的脸。他摸了摸眼睛，满手都是泪。什么声音也没有。德国人捧杯了。他关上电视，躺在青色的光线中，觉得轻飘飘的，像扔在地上的纸。

忽然明白了。

他奔向卧室。门一推就开，她坐在床头，烟头明灭。满屋子的浓烟，堆在孩子脸上身上。

“算了。”本杰·凯西说，“算了……”

孩子的脸又白又亮。他俯下身。一丝呼吸都没了，早没了，小脸凉得像夜里的水泥地板。

“说，你说。”他说。

高莉不说话。

他想把她的烟夺下，踩烂。床头的烟灰缸早塞满了。

“你说！”

她吸一口烟，又吐出来。

“我带她找大师。”她开始说了，“就在南站边上，水晶村，一直往里走，走到头，有个破破烂烂的小院子。大师就住里面。大师给她吃了药，给她念了咒……然后我带她出来，一路走啊，走。居然走到我认识你的地方咯。黑猫酒吧。”

他一声不吭。

“现在叫红树林超市。门关着，上了大铁锁。晓得为啥子关门？”

他仍不吭声。

“一大片墙写着拆字，画着白圈圈。我抱着她，站在街对面。红树林超市就是黑猫酒吧。就是，化成灰我也认得。”

她继续抽烟，深深吸进去，狠狠吐出来。

“天都快黑咯，车来车往，乱糟糟的。后来，几个工人爬上屋顶。上去搞啥子？你说搞啥子，三个男人，那么大的铁锤，一下接一下。刚开始，砰，砰，砰，后来砰砰砰，砰砰砰。石头沙子飞下来，底下的人抱头乱窜……照这种速度，一天就把黑猫酒吧毁咯。砰砰砰，砰砰砰。我抱着她，死死抱着，生怕她像石头粉粉一样飞了……我跑起来……跑啊跑。这个声音一直不断，砰砰砰，砰砰砰，一路追着我，像狗一样追着我。我抱着她，死死抱着。”

长长的沉默。

她下了床，在客厅茶几上找到半杯水，一气喝干。又走回来，抽出一支烟，点上。

“我说完了。”

本杰·凯西一声不吭。

“说完了。”

本杰·凯西一声不吭。

“后来，后来我打车回家。不然回哪里？

四川？”

他坐下来。

“又看球咯？”

他没回答。

“天天晚上，天天晚上吵死个人的世界杯啊……”

在小酒吧垮台、做生意亏本、干黄牛党被抓、高莉逃离昆明的那些日子，他从来没觉得像今天这样，从没觉得家里的空气被抽光了，他喘不上气来。他从不埋怨，只要给他足球。但现在，他不知道怎么办。

他回到沙发上。天空亮如钻石。烟雾像巨大的浮冰，悄悄漫过来。

谁都没料到本杰·凯西像疯狗似的玩命。

右路是对手主要火力点，右边锋和右前卫连续打出精妙配合。四个失球，三个来自右路。现在，本杰·凯西玩命封堵那个灵活的7号小子。我默默祈祷。本杰·凯西竟一次次化解了对手强攻，还用一记飞铲领到黄牌。他湿透了，撑着肥腰呼呼喘气。

我冲他喊：“段凡下去，你顶上来！”

他装没听见。

封堵只是暂时的。小7号、小9号用娴熟的配合调戏这个又老又肥又黑的左后卫，接二连三地进一个、再进一个。

0:5，0:6，0:7。

我被太阳烤煳了。最后五分钟，我们看着本杰·凯西一个人表演。对手继续羞辱他，过他。本杰·凯西迈动黑腿，即便它们早就像水泥桩子一样甩不开了。我垂下脑袋。

“本杰，你莫跑咯！”猛然传来女人的喊声。迟迟没有露面或露面了我们并不知晓的高莉顶着一头红发，叉腰站在场边。这一嗓子惊心动魄。

本杰·凯西继续移动，移动。

我难受得要命。

再丢一球。惠恩从没输成这样。

“本杰，狗日的本杰，你还跑个逑哦！”

本杰·凯西抬着大光头，垂死般的喘息声我站在中圈都能听见。我直接吊门。裁判终于吹停比赛。本杰·凯西向后倒下去，像黑塔一样倒下去。

大伙走向他，我和小蒋一左一右撑住。高莉奔向我们，但她帮不上什么忙。

“你疯球啦？”

本杰·凯西咧着大嘴。

“狗日的。”小蒋说。

“我操。”张勇说。

“还行？”我大声说。本杰·凯西臃肿的身体烫得惊人，臭汗灌到我脸上。

兄弟们像拖死狗一样拖他出场，撂上替补席。无人说话。有人递来矿泉水，高莉拎起水瓶冲刷本杰·凯西的大光头，擦他的脸和下巴。

开始骂他狗日的。没人知道他干吗上场丢自己的脸。红塔4号场上，小叶草发出折断声。天空透蓝。看台上的人稀稀拉拉往下走。对手，那帮年轻的小子大声说笑，正如当年我们扔给输家的嘲弄和羞辱。

本杰·凯西一声长叹。

“我操！”小孙说。

“狗日的。”桂子说。

“说话，你说句话。”张勇说。

本杰·凯西咧开大嘴，笑了。

“狗日的，为那点钱，犯不着玩命。”小蒋说。

“赶紧，让高嫂松松骨头。”罗坤说。

“对对高嫂，川式按摩好巴适哟——”

高莉低下头，两手放在脸上，低声哭泣。

我们吓坏了。

“阿根廷都输了，哭哪样哭？老子一没收黑钱，二没装逼样[1]，清白得很。”本杰·凯西的虚幻表情不再像他，“最后一战，死也死它个轰轰烈烈。没事，没事，都活着。我们都活得好好的。”

---

① 装逼样，昆明话，意为偷奸耍滑。

后记

谁都有跑不动的那天

谁不老呢？谁又不死？

这是标准的海明威式的诘问。老海是我偶像，对此我从不讳言。20 年来，我不单单从他小说里偷师，还尽可能学习他备受推崇也颇受诟病的“硬汉哲学”——人可以被毁灭，但不能被打败。干吗要诟病？我不太明白，于是不惮以“阴暗”的心理揣测，这些诟病者必有深深的成见和嫉妒。成见嘛，无非一个作家干吗如此招摇？嫉妒呢，可真是嫉妒。放眼世上，像老海这样把区区几十年过得像一部好莱坞大片者有几人？他们指责老海“贴胸毛”“虚张声势”，这就不地道了，请问谁能像老海那样，带着 237 枚弹片还接二连三地采访、打猎、结婚、写小说？ 我始终觉得老海是罕见的知行合一的典范，没有人比他更有资格演绎美国式的个人英雄主义了，也没有哪个作家能像他那样敢于活在行动—毁灭的边缘再倾力拿出一大批坦诚的杰作。诟病者们，你倒是抓起猎枪瞄准自己脑袋试试？

去年，我有幸前往巴黎拜谒了海明威当年在红衣主教路74号的寓所，也就是他和第一个妻子哈德丽相濡以沫的地方。我心潮澎湃，在楼下待了很久，不顾一切追随一位业主闯进楼里，得悉海明威住过的房间已被一对美国艺术家夫妇买下，是不许任何人探访的。我只能灰溜溜下楼，走出来，神情恍惚地站在街上，眼前充满刚刚踩踏过的吱吱呀呀低鸣的狭窄陡峭的旋转楼梯，楼梯间蓝白相间的菱形地砖——不正是年轻的老海每天前往咖啡馆写作时一次次踩过的吗？

老海短篇小说之伟大不容置疑，硬汉精神呢？我一直觉得那才是老海最牛的遗产——“硬汉”不是装酷，而是一颗敏感温柔、善良正直的怦怦跳动的入世之心。当我站在老海曾经伫立的巴黎街头，我不得不感叹像他这样温柔的硬汉越来越罕见了，我们身边，环绕着多少无趣的功利主义者啊，谁还会宁可被毁也不愿失败？学习海明威式写作是困难的（冰山理论看似简单，其实需要多么极致的删减与修改！需要一个作家对其隐藏的那部分多么的胸有成竹），但精神上的学习和亲近，是可以一点点做到的，只要一个作家敢于真诚甚至羞愧地面对自己。

短篇集《野球时代》系列断断续续写了三年，前后在国内一些刊物上发表，回头看时自己也吓一跳，哟，都写了那么多！我得承认，它们无非是向老海致敬却又相当不一样的硬汉式的小说（瞧我多自信），鉴于我的足球运动出身，写写足球，写写我那些普普通通的业余球队的队友，总是相对容易些，也能让我投入全部的情感而绝非仅仅是“装酷”；足球非但是最棒的竞技运动，更是窥探人性人心的最佳窗口；我喜欢足球小说的虚虚实实，尤其喜欢基于少量真实的天马行空，我希望继续写下去，我发现只有在这个领域才能真正让我畅快淋漓。感谢上帝，让我曾经全身心投入足球，让我能够在有生之年认真写一写我身边这些平凡而伟大，卑微却坚韧的兄弟！谢谢张勇，谢谢小蒋，谢谢本杰，谢谢贵子，谢谢段凡……没有真实的你们，就不会有这本集子，不会有这部国内从来没有过的足球系列小说。

我是多么怀念我们惠恩足球队大杀四方的黄金年代啊！

具体到小说内部，我希望它们丰满，丰富，叙述之外的东西应该比叙述之中的东西更多。说白了，它们想表达的无非是最基本的足球哲学（硬汉哲学）：谁都有跑不动的那天，谁都可能被你深深爱着的东西深深伤害。不过，即便老了，只要还能奔跑，还能进球，还能让你继续无怨无悔地爱着，还有什么可抱怨的呢？